GRAND ORIENT DE FRANCE

FÉDÉRATION DES LOGES DU CENTRE

Compte-Rendu

aux Ateliers de la Fédération des L∴ du Centre

DES

TRAVAUX DU CONGRÈS

Tenu à Clermont-Ferrand les 29 et 30 Avril 1905

SOUS LA PRÉSIDENCE

DU FR∴ BOULEY

Secrétaire du Conseil de l'Ordre du G∴ Or∴ de France

Ce Compte-Rendu n'est pas destiné à être publié

GRAND ORIENT DE FRANCE

FÉDÉRATION DES LOGES DU CENTRE

Compte-Rendu

aux Ateliers de la Fédération des L∴ du Centre

DES

TRAVAUX DU CONGRÈS

Tenu à Clermont-Ferrand les 29 et 30 Avril 1905

SOUS LA PRÉSIDENCE

DU FR∴ BOULEY

Secrétaire du Conseil de l'Ordre du G∴ Or∴ de France

Ce Compte-Rendu n'est pas destiné à être publié

FÉDÉRATION DES LOGES DU CENTRE

COMPTE-RENDU DU CONGRÈS

tenu à Clermont-Ferrand les 29 et 30 Avril 1905

LOGES ADHÉRENTES ET REPRÉSENTÉES

1 L'Equerre de Moulins (Allier).
2 La Cosmopolite de Vichy (Allier).
3 Les Philanthropes Arvernes de Clermont-Ferrand (Puy-de-Dôme).
4 Les Enfants de Gergovie de Clermont-Ferrand (Puy-de-Dôme).
5 Union et Solidarité de Montluçon (Allier).
6 Les Préjugés Vaincus de Guéret (Creuse).
7 Le Réveil Anicien du Puy (Haute-Loire).
8 L'Humanité de Nevers (Nièvre).
9 Les Démophiles de Tours (Indre-et-Loire).
10 La Gauloise de Châteauroux (Indre).
11 Etienne Dolet d'Orléans (Loiret).
12 Raison et Solidarité d'Issoire (Puy-de-Dôme).
13 Travail et Fraternité de Bourges (Cher).
14 Les Artistes Réunis de Limoges (Haute-Vienne).
15 L'Union Lozérienne de Mende (Lozère).
16 La Libre Pensée d'Aurillac (Cantal).

ORDRE DU JOUR

DES

Travaux du Congrès des Loges du Centre

préparé par la L.˙. Les Philanthropes Arvernes
avec le concours de la L.˙. Les Enfants de Gergovie

OR.˙. DE CLERMONT-FERRAND

Samedi 29 Avril, à 10 heures du matin

Ouverture des travaux. — Appel des Délégués. — Vérification
des pouvoirs.

Nomination du Président, du Vice-Président et de l'Orateur
du Congrès.

Désignation du Siège du Congrès de 1906.

Nomination des diverses Commissions.

Samedi 29 Avril, de 2 h. à 6 h. du soir et Dimanche à 9 h. du matin

Suppression de tous les surnumérariats *(Travail et Fraternité)*.

Obligation pour tous les fonctionnaires civils et militaires de
prêter serment de fidélité à la République (*Les Enfants
de Gergovie*).

Modification à la loi sur les accidents du travail; moyens à
employer pour sauvegarder les droits du petit patronat
(*Les Philanthropes Arvernes*).

Réorganisation du Secrétariat général du Grand Orient de
France (*Etienne Dolet*).

Organisation au Grand Orient d'une Commission de contentieux *(Travail et Fraternité)*.

Suppression des cordons distinctifs et accessoires inutiles.—
Modification du langage rituélique, tout en conservant
ce qui est strictement nécessaire pour assurer le respect
du temple, le secret des délibérations et l'ordre des
travaux (*La Gauloise*).

Modification à la Constitution : Election des membres du
Conseil de l'Ordre par des Fédérations régionales (*Les
Enfants de Gergovie et Les Préjugés Vaincus*).

Accessibilité des Convents maçonniques aux seuls délégués
réguliers des ateliers avec interdiction pour ces derniers
de faire des communications à la presse et suppression
de l'impression du compte-rendu des Convents (*Les Préjugés Vaincus*).

Suppression des privilèges de l'ordre des avocats (*Union et Solidarité*).

Droit de vote pour les officiers et soldats (*Union et Solidarité*).

Inviolabilité du domicile privé des gendarmes (*Union et Solidarité*).

Suppression de la prison militaire pour faits d'indiscipline (*Union et Solidarité*).

Suppression des aumôniers dans les lycées (*Union et Solidarité*).

Vœu tendant à ce qu'il soit fait dans les établissements d'Enseignement primaire et secondaire une large part : 1o A l'étude de l'histoire des sciences: 2o A l'étude comparée des religions et des églises (*Les Préjugés Vaincus*).

Enseignement primaire : Laïcisation et développement des programmes; amélioration de la situation du personnel; monopole de l'État; gratuité et obligation; œuvre post-scolaires (*Les Enfants de Gergovie*).

Nécessité de donner à la femme comme à l'homme une éducation laïque et rationaliste pour amener l'unité de pensée dans les ménages.— Avantages de la co-éducation (*La Gauloise*).

Suppression des Commissions municipales scolaires (*La Gauloise*).

Modification des Conseils départementaux et des Conseils de l'Instruction publique, de façon à ce que les membres élus de l'Enseignement public y soient en nombre égal aux membres nommés par l'Administration (*La Gauloise*).

Samedi soir, à sept heures et demie precise, BANQUET MAÇONNIQUE.

Dimanche matin, à 11 heures, clôture des travaux.

RÉSUMÉ DES PROPOSITIONS A L'ORDRE DU JOUR

PAR LES LL∴ ADHÉRENTES

La L∴ "Etienne Dolet", or∴ d'Orléans, a l'intention de revendiquer l'organisation du Congrès de 1906.

Obligation pour tous les Fonctionnaires civils et militaires de prêter serment de fidélité à la République

La L∴ *Les Enfants de Gergovie*, or∴ de Clermont-Ferrand, expose que la publication des fiches dérobées au G∴O∴D∴F∴ a démontré que la plupart des officiers étaient hostiles à la République et seraient heureux, le cas échéant, d'aider à l'étrangler. Si une pareille enquête était organisée pour les fonctionnaires civils, il est probable qu'elle donnerait, dans certaines catégories, les mêmes résultats.

Aussi pour évin er, dans une certaine mesure, les candidats anti-républicains des fonctions publiques, la L∴ *Les Enfants de Gergovie* demande l'élaboration d'une loi qui oblige tous les fonctionnaires civils et militaires *à prêter serment de fidélité au Gouvernement de la République*. Cet atelier demande, en outre, qu'un article de cette loi permette de révoquer impitoyablement ceux qui, par leurs actes, paroles ou écrits, auraient manqué à ce serment.

Modification de la loi sur les accidents du travail.

La L∴ *Les Philanthropes Arvernes*, or∴ de Clermont-Ferrand, afin de sauvegarder les droits du petit patronat dans l'application de la loi du 9 avril 1898 sur les accidents du travail et pour empêcher la grande industrie de tourner à son profit les prescriptions de la dite loi, demande la modification de cette loi afin d'arriver aux résultats suivants :

1º Monopolisation par l'Etat des assurances sur les accidents du travail ;

2º Assurance obligatoire de tous les industriels ;

3º Suppression des Compagnies d'assurances mutuelles et à primes fixes.

Organisation au Grand Orient d'une Commission de Contentieux

La L∴ *Travail et Fraternité*, or∴ de Bourges, expose que les incidents récents ont permis de constater que de nombreuses questions soumises aux tribunaux profanes intéressent au plus haut point la maçonnerie ; il n'en reste aucune trace au G∴ O∴ qui souvent les ignore. Dans la question des fiches il y aurait dû avoir, au G∴ O∴, une réunion d'avoués et d'avocats maç∴ qui auraient examiné la question sous toutes ses faces ; on aurait dû faire appel à tous les avocats de talent qui auraient pu se lever en face des avocats réactionnaires. Au lieu de cela, chacun tire de son côté, se défend comme il peut, à ses risques, frais et périls. Les jugements favorables sont ignorés, les décisions douteuses sont grossies par la réaction et exploitées contre nous.

La L∴ de Bourges estime qu'il y a quelque chose à faire dans ce sens et demande *la création d'une Commission de contentieux au Grand Orient*

Modification à la Constitution Maçonnique

Les LL∴ *Les Enfants de Gergovie*, or∴ de Clermont et *Les Préjugés Vaincus*, or∴ de Guéret, demandent la nomination des membres du Conseil de l'Ordre par des Fédérations régionales (modification à l'art. 28 de la Constitution).

Cette question si importante est déjà venue en discussion devant le Congrès des LL∴ du Centre tenu à Bourges en 1904 et a été rejetée. (Se reporter au compte-rendu des travaux du Congrès de Bourges, pages 29, 30, 31, 32 et 33.)

Convents Maçonniques

La L∴ *Les Préjugés Vaincus*, or∴ de Guéret, demande que les convents maçonniques ne soient accessibles qu'aux seuls délégués réguliers des Loges dépendant du G∴ O∴ D∴ F∴ et l'interdiction absolue pour ces derniers de faire à la presse aucune communication de quelque nature qu'elle soit, ayant trait aux travaux du Convent.

Ce atelier demande, en outre, qu'à l'avenir le compte-rendu du Convent ne soit plus imprimé.

Suppression des privilèges de l'Ordre des Avocats

La L∴ *Union et Solidarité*, or∴ de Montluçon, demande qu'une proposition de loi portant suppression du privilège des avocats et établissant le libre exercice de cette profession, soit déposée à la Chambre.

L'at∴ auteur de la proposition estime que le Conseil de l'Ordre des Avocats est une véritable forteresse de la réaction qui sert surtout à frapper des adversaires politiques et que le privilège dont il jouit, une survivance des anciennes corporations condamnées par la Révolution, est en contradiction avec les principes de la Démocratie.

Droit de vote pour les Officiers et les Soldats

La L∴ *Union et Solidarité*, or∴ de Montluçon, demande :
1o Que les officiers et les soldats jouissent de leurs droits de citoyens;
2o Que les soldats votent à leur lieu d'origine.

Cet atelier ne fournit aucun argument en faveur de sa proposition qui sera soutenue au Congrès par un de ses délégués.

Inviolabilité du domicile privé des Gendarmes

La L∴ *Union et Solidarité*, or∴ de Montluçon, après avoir rappelé que les gendarmes sont soumis à une inspection minutieuse de leur domicile privé par leurs chefs, que cette inspection constitue une grave atteinte au respect dû à l'homme et à la famille d'un serviteur dévoué de la Société, estime qu'il est inadmissible que pareille mesure subsiste encore sous la République et demande que le domicile privé des gendarmes soit inviolable même par leurs chefs.

Suppression de la prison militaire pour faits d'indiscipline

La L∴ *Union et Solidarité*, or∴ de Montluçon, après avoir demandé *la suppression des Conseils de Guerre en temps de paix*, demande la suppression de la prison pour les faits d'indiscipline. Cet atel∴ estime que la punition de prison infligée aux soldats pour indiscipline porte gravement atteinte à leur réputation par suite du sens diffamatoire du mot.

Suppression des Aumôniers dans les Lycées

La L∴ *Union et Solidarité*, or∴ de Montluçon, demande que le Gouvernement supprime dans tous les établissements d'instruction les aumôniers dont le but unique est de combattre nos institutions laïques où se professe l'idée républicaine et d'entraver, par le développement des préjugés et l'enseignement des mystères incompréhensibles de leu religion, l'émancipation de l'intelligence et de la raison.

Cet atel.·. fait valoir que les aumôniers sont supprimés dans l'armée qui, comme les Lycées et Collèges, est une institution gouvernementale, et qu'en raison de l'influence qu'ils ont sur l'Administration des Collèges et Lycées, les élèves libres-penseurs peuvent être inquiétés. L'exercice des prières, messes et confessions est, en outre, incompatible avec l'esprit franchement laïque et républicain.

Vœu relatif à l'Enseignement

La L.·. *Les Préjugés Vaincus*, or.·. de Guéret, considérant : qu'il importe de préparer l'homme et le citoyen pour la lutte des idées; qu'il est indispensable de développer chez l'enfant l'esprit critique qui lui permette de juger sainement, avec les seules lumières de la raison; que l'avenir de l'humanité réside tout entier dans les progrès de la science;

Considérant que l'enseignement donné actuellement dans les écoles de tout ordre est incomplet, timide et mutilé;

Que les religions ont joué un rôle prépondérant dans la marche de l'humanité et que les prêtres se sont fait tour à tour les propagateurs de la science ou les oppresseurs des esprits, émet le vœu :

Que, attendant la réforme complète de notre enseignement et la réforme radicale de nos méthodes, il soit fait dans les établissements d'enseignement primaire et d'enseignement secondaire une large part :

1o l'étude de l'histoire des sciences; 2o A l'étude comparée des religions et des églises.

Enseignement primaire : Laïcisation et développement des programmes, Amélioration de la situation du personnel, Monopole de l'Etat, Gratuité et Obligation, Œuvres Post-Scolaires, etc.

La L.·. *Les Enfants de Gergovie*, or.·. de Clermont-Ferrand, expose que la nouvelle Loi sur l'Enseignement congréganiste, en fermant un certain nombre d'établissements tenus par des religieux, a attiré l'attention des Républicains sur la question de l'Enseignement primaire laïque et sur la situation réelle, matérielle et morale des maîtres et des élèves.

Cet atelier a organisé une vaste enquête auprès des insti-tuteurs, professeurs, pères de famille et des citoyens à même, par leur situation, de donner un avis autorisé. Les résultats de cette enquête, ainsi que les conclusions proposées par la L.·. *Les Enfants de Gergovie*, ont été réunis en une brochure que cet atelier adressera aux LL.·. de la Fédération en temps utile pour leur permettre de mettre à l'étude cette question importante.

TRAVAUX DU CONGRÈS

PREMIÈRE SÉANCE
29 Avril (matin)

Le vingt-neuf avril 1905, à dix heures du matin, les travaux du Congrès de la Fédération des Loges du Centre sont ouverts dans le Temple maçonnique des Loges de Clermont-Ferrand.

Le F∴ RECHAT, vénérable de la L∴ *Les Philanthropes Arvernes*, préside. Il donne lecture d'une lettre du Grand Orient de France désignant le F∴ Bouley comme délégué du Conseil de l'Ordre au Congrès.

Notre fr∴ Bouley, arrivé ce matin, prend un peu de repos et viendra prendre part au Congrès dans la matinée.

On procède à l'appel nominal des délégués et à la formation du Bureau.

Par acclamation le F∴ Bouley, Secrétaire du Conseil de l'Ordre, est désigné comme Président, les FF∴ Rechat et Marrou comme Vice-Présidents et le F∴ Pellissier comme orateur.

Conformément au règlement le Secrétaire de la Loge organisatrice remplira les mêmes fonctions près du Congrès.

Le F∴ RECHAT communique la correspondance comprenant la démission de la L∴ *L'Évolution Sociale*, or∴ de Vendôme, qui se retire de la Fédération des Loges du Centre pour des raisons financières. Par contre deux Loges nouvelles ont envoyé leur adhésion à la Fédération: les LL∴ *La Libre Pensée*, or∴ d'Aurillac, et *L'Union Lozérienne*, or∴ de Mende.

Le F∴ L∴, vén∴ de la L∴ *Etienne Dolet*, or∴ d'Orléans, demande, au nom des 300 membres de l'atelier qu'il représente, l'honneur pour sa L∴ d'organiser le Congrès de 1906.

A l'unanimité, l'assemblée fixe à Orléans le siège du prochain Congrès et charge la L∴ Etienne Dolet de l'organiser. La Loge de Montluçon est désignée comme Loge suppléante.

Le Congrès règle ensuite son ordre du jour et nomme les Commissions suivantes pour l'étude des différentes questions :

Commission chargée d'examiner toutes les questions relatives à la réorganisation du Secrétariat général du Grand Orient de France et modifications diverses au règlement général et à la constitution.

Les FF∴ L∴, L∴, S∴, C∴, R∴, Ch∴, Dr G∴, B∴.

Commission de l'Enseignement.

Les FF∴ G∴, L∴, Dr Cl∴, P∴, B∴, B∴, Ch∴, M∴, R∴, D∴, B∴, Dr S∴ et P∴.

Le F∴ B∴ demande, au nom de la Loge du Puy, à émettre un vœu sur la solidarité maçonnique.

Il expose qu'en souvenir de l'incident des fiches que nos ennemis ont convenu d'appeler "délation" et dont le but évident était de détruire à jamais le prestige de la franc-maçonnerie, sans vouloir revenir sur les responsabilités encourues dans cette lamentable affaire, ni vouloir blâmer l'attitude de nos ffr∴ Berteaux et Dublief nouvellement appelés au pouvoir, lors de l'incident, et dont la situation était si difficile, il en convient, le F∴ B∴ demande au Congrès de vouloir bien émettre un vœu pour que la solidarité maçonnique soit mise en pratique d'une façon plus complète.

Le F∴ MARROU dit qu'il était du devoir de nos FF∴ Dubief et Berteaux d'empêcher de sacrifier des FF∴ Il demande donc à compléter le vœu proposé par un blâme à notre fr∴ Berteaux.

Le F∴ RECHAT propose d'attendre l'arrivée de notre fr∴ Bouley pour discuter cette question. Afin de déblayer le terrain, notre ordre du jour étant très chargé, le fr∴ L∴ propose de la discuter de suite. L'assemblée décide que cette question sera discutée ce soir et désigne une commission composée des FF∴ B∴, M∴ et Ch∴ pour arrêter les termes définitifs du vœu à émettre.

Le F∴ Cl∴, au nom de la L∴ de Vichy, demande à s'associer au vœu émis par notre F∴ B∴

Le F∴ S∴ de l'or∴ de Bourges donne lecture du vœu suivant présenté au nom de la L∴ *Travail et Fraternité*.

« Attendu que la République a le devoir impérieux d'assurer la liberté de conscience;

« Attendu que les dispositions légales relatives à l'exécution des volontés testamentaires des libres-penseurs sont impunément violées par les prêtres;

« Considérant, d'ailleurs, que ces dispositions ne visent que les obsèques;

« Considérant que le projet de loi sur la séparation des Eglises et de l'Etat abandonne aux Eglises une autonomie complète dont elles abuseront en toute impunité;

« Considérant que les sacrements de toutes catégories sont et seront imposés à tous ceux que leur situation sociale ne place pas dans une indépendance absolue à l'égard des prêtres.

« Propose de compléter la Loi sur la Séparation par les dispositions suivantes :

« (*a*) Il est interdit au clergé de procéder à aucun baptême, aucun mariage, aucune inhumation, sans un certificat du maire de la commune (ou siège la paroisse), constatant le libre consentement des intéressés.»

« (*b*) Pour le baptême, la déclaration sera faite à la Mairie par le père et la mère ou les tuteurs légaux de l'enfant.»

« (*c*) Pour le mariage, la déclaration sera reçue des conjoints lors de la célébration de la cérémonie civile.»

« (*d*) Chaque citoyen, âgé de plus de dix-huit ans, pourra déposer à la Mairie de sa résidence, sous pli cacheté, l'expression de ses volontés dernières.

« Le Maire n'autorisera le prêtre à procéder aux obsèques qu'après vérification, devant deux témoins, de la volonté du défunt manifestée dans la forme légale.»

« (*e*) Détails d'exécution réglés par décret. »

Le F∴ P∴ de Montluçon dit que nous ne pouvons pas intervenir dans cette question.

Le F∴ M∴ des *Philanthropes Arvernes* de Clermont est d'avis d'insérer une clause qui ne permette au Curé de baptiser les enfants qu'avec l'autorisation écrite du père de famille. Il demande donc de vouloir adopter la proposition suivante :

« Pour tout mineur,

« Tout acte religieux ayant pour but d'engager le mineur dans une religion déterminée ne pourra être accompli par le représentant de cette religion qu'avec l'autorisation du père ou du tuteur, dûment légalisée par le Maire de la Commune.»

Le F∴ L∴ des *Enfants de Gergovie* de Clermont appuie cette proposition. L'Eglise n'enterre pas sans le permis d'inhumer. Le mariage religieux n'est pas célébré sans la production d'un certificat du Maire. L'Etat doit donc intervenir également en ce qui concerne le baptême.

Le F∴ L∴ de la L∴ *Etienne Dolet* fait remarquer que la Loi ne prévoit pas d'action contre les prêtres. Un F∴ de son atel∴ dont l'enfan. avait été baptisé à son insu, a actionné le Curé, mais il a été débouté par le Tribunal. Il appuie le vœu présenté par le F∴ M∴ de Clermont.

Le F∴ Dr S∴ et le F∴ Dr G∴ demandent d'étendre les propositions à toutes les religions.

Le Congrès à l'unanimité adopte le vœu sous la forme suivante :

« Toute pratique religieuse ne pourra être consacrée à un mineur qu'avec l'autorisation formelle du père de famille. »

A ce moment le F∴ BOULEY, délégué du Conseil de l'Ordre du G∴ O∴ D∴ F∴, fait son entrée dans le Temple. Au nom de tous les ateliers représentés au Congrès le F∴ RECHAT lui souhaite la bienvenue et lui annonce que l'Assemblée l'a désigné pour présider et diriger ses travaux.

Le F∴ BOULEY remercie vivement tous les F∴ présents de cette marque de déférence. Il fait remarquer toutefois que d'une façon générale le représentant du Conseil de l'Ordre s'est toujours abstenu de présider les Congrès. Il engage les membres du Congrès à travailler résolument, l'ordre du jour étant très chargé, et leur transmet le témoignage de fraternelle affection du Conseil de l'Ordre.

La séance est levée à midi.

DEUXIÈME SÉANCE

29 Avril (soir)

La séance est ouverte à trois heures du soir sous la présidence du F∴ Bouley.

Sur la demande de quelques Loges n'ayant au Congrès qu'un ou deux délégués on complète la délégation de chaque Loge à trois membres parmi les F∴ des atel∴ de Clermont présents au Congrès.

Solidarité Maçonnique

L'assemblée adopte ensuite sans discussion le vœu présenté ce matin par le F∴ B∴ de l'or∴ du Puy avec avis favorable de la commission nommée à cet effet.

« Que les maçons aient une conception meilleure de la solidarité maçon∴ qui est un des principes fondamentaux de la F∴ M∴;

« Qu'ils la pratiquent en tout et partout et quelle que soit la situation élevée qu'ils occupent — s'ils sont appelés au pouvoir, qu'ils profitent de cette situation prépondérante pour protéger ceux de nos F∴ dont le dévouement à la fr∴ maçon∴ et à la République auraient été une cause de menaces ou de persécutions de la part de nos adversaires. »

Obligation de prêter serment de fidélité à la République

Le F∴ Dr Cl∴ de la L∴ *Les Enfants de Gergovie* développe au nom de cet atelier un vœu tendant à obliger tous les fonctionnaires civils et militaires à prêter serment de fidélité à la République.

La publication récente des fiches a montré l'hostilité de la plus grande partie des fonctionnaires envers la République. Il est grand temps de réagir contre ces agissements et il faut que le Gouvernement soit armé pour révoquer tous les fonctionnaires hostiles à la République.

Le F∴ M∴ des *Philanthropes Arvernes* pense que le serment demandé par *Les Enfants de Gergovie* ne signifie pas grand chose. Tous les fonctionnaires le prêteront pour conserver leur situation et cela ne démontrera pas qu'ils sont réellement républicains. Il serait préférable, à son avis, de républicaniser les fonctionnaires. Le grand défaut de notre République est qu'elle est encore trop monarchique. Les fonctionnaires sont trop solliciteurs. Il demande à compléter le vœu ainsi qu'il suit :

« 1° Les membres du corps enseignant seront garantis par la Loi contre tout arbitraire. Toute mesure disciplinaire proposée contre eux, depuis le déplacement d'office jusqu'à la révocation ou l'interdiction, ne pourra être prise que sur l'avis conforme d'un Conseil où leurs pairs élus se trouveront en nombre égal aux membres nommés par l'Administration ou par des Assemblées. C'est devant un tel Conseil qu'ils devront produire leurs revendications s'ils se croient victimes d'une injustice. »

« 2° Le pouvoir exécutif ne devra nommer que des fonctionnaires dont le passé soit une garantie pour l'avenir. »

« 3° Tous les fonctionnaires devront prêter serment de fidélité à la

Répuplique et s'engager à ne jamais faire appel à ce qui est la caracté-
ristique des régimes monarchiques, c'est-à-dire aux faveurs et aux
recommandations qui sont la source des plus criantes injustices. »

« 4° A titre transitoire, les revendications qui pourraient se produire
autres que celles indiquées au paragraphe 1er du présent vœu seront
rendues publiques, soit à la tribune d'une assemblée délibérante, soit
dans un bulletin. »

« 5° En particulier, toute revendication de fonctionnaire produite par
l'intermédiaire de la maçon∴ sera inscrite sur un registre ad hoc, soit
dans les Loges, soit au Gr∴ Or∴ de France, et tout Fr∴ Maç∴, quel
que soit son grade, devra promettre sur l'honneur de ne jamais faire
de démarche, ni de recommandation, même verbale, concernant un
service public, sans en aviser la Loge même du F∴ intéressé, ce qui
sera porté à la connaissance de l'atelier. »

Le F∴ Cl∴ des *Enfants de Gergovie* dit que le vœu tel qu'il
est présenté supprimerait l'action du Gouvernement. Il est
opposé au serment qui neuf fois sur dix serait prêté entre
les mains des réactionnaires. Il faut dit-il laisser plus de
liberté au gens. D'après ce système les réactionnaires enva-
hiront, comme ils l'ont fait jusqu'à ce jour, la République et
le Gouvernement ne pourra plus rien contre eux.

Le F∴ BOULEY, président, propose de statuer d'abord sur
la question de principe présentée par *Les Enfants de Gergovie*.

Le F∴ Dr Cl∴ au nom des *Enfants de Gergovie* se rallie au
vœu du F∴ M∴ et demande au Congrès de l'approuver.

Le F∴ B∴ de l'or∴ de Montluçon demande qu'on ne
nomme à l'avenir aucun fonctionnaire qui n'aurait pas fait
ses études dans les Etablissements de l'Etat.

Le F∴ L∴ de l'or∴ d'Orléans demande la parole pour une
motion préjudicielle. Il dit que nous discutons maintenant
un projet tout nouveau qui, à son avis, doit être renvoyé à
la fin de l'ordre du jour et demande qu'on statue immédiatement sur le vœu de principe qui nous est soumis par *Les
Enfants de Gergovie*.

Le F∴ L∴ des *Enfants de Gergovie* résume la discussion et
dit que la proposition du F∴ M∴ des *Philanthropes Arvernes*
apporte des garanties pour les fonctionnaires. Si nous ne
changeons pas le mode de recrutement de nos fonctionnaires
nous n'aboutirons à rien.

Le F∴ BOULEY pense que c'est au contraire avec le statu
quo que nous arriverons seulement à républicaniser les
fonctionnaires et si nous avons des ministres républicains
qui veuillent bien faire tout leur devoir.

Le F∴ L∴ des *Enfants de Gergovie* répond qu'avec des
ministres comme les Fr∴ Maç∴ Dubief et Berteaux qui
devaient tout manger en arrivant au pouvoir, on a vu sacrifier les seuls fonctionnaires vraiment républicains.

Le F∴ M∴ des *Philanthropes Arvernes* ajoute que ces
Ministres protègent seulement les réactionnaires.

Le F∴ F∴ de l'or∴ d'Issoire proteste énergiquement
contre ces dernières paroles et cite à l'appui de ses dires
des exemples dans le Puy-de-Dôme.

Le F∴ L∴ de l'or∴ d'Orléans insiste à nouveau pour

qu'on statue sur la question telle qu'elle est présentée par *Les Enfants de Gergovie*.

Sur conclusion du F∴ Orat∴ la proposition est repoussée à une forte majorité.

Le F∴ Bouley dit que le devoir d'un fonctionnaire républicain est de frapper sans pitié ceux qui sont hostiles à la République.

Le F∴ M∴ des *Philanthropes Arvernes* demande que sa proposition soit reprise à la suite de l'ordre du jour.

Il en est ainsi ordonné.

Abrogation de la Loi du 9 Avril 1898 sur les accidents du travail et élaboration d'une nouvelle Loi plus démocratique

Le F∴ G∴ ou nom de la L∴ *Les Philanthropes Arvernes* donne lecture du vœu suivant :

« La L∴ *Les Philanthropes Arvernes*

« Considérant :

« 1º Que les effets de la Loi du 9 Avril 1898 sur les accidents du travail n'ont pas répondu à ce qu'en attendaient les législateurs ;

« 2º Que cette loi n'a donné qu'ennui et déboire à l'ouvrier de la grande industrie ;

« 3º Qu'elle a aggravé les charges des petits chefs d'entreprise sans donner au petit patronat la garantie qu'il était en droit d'espérer ;

« 4º Qu'en permettant aux gros industriels d'être leurs propres assureurs, elle leur a donné tous les moyens de traiter avec leurs ouvriers au mieux de leur coffre-fort ;

« 5º Que le petit patronnat s'est vu dans la nécessité de recourir au moment de la promulgation de la loi aux Compagnies d'Assurances mutuelles et à primes fixes ;

« 6º Que parmi ces Compagnies un grand nombre ont fait faillite et que par suite leurs malheureux assurés, malgré les fortes primes payées, ont été livrés au hasard de tout évènement ;

« 7º Que ces Compagnies d'Assurances portées sur la liste officielle conformément aux articles 26 et 27 de la loi, suivant qu'elles remplissent ou négligent leurs obligations, sont maintenues sur la liste ou cessent d'y figurer ;

« 8º Que la radiation de la liste a pour conséquence de priver les assurés, ipso facto, de toutes la garantie sur laquelle ils avaient compté ;

« 9º Que l'on peut dire, sans crainte d'être démenti, que cette loi a déjà fait un grand nombre de victimes et que dans une démocratie une loi qui fait des victimes doit être abolie.

« Considérant également que la Loi du 31 Mars 1905 qui a modifié les articles 3, 4, 10, 15, 16, 19, 21, 27 et 30 de la Loi du 9 Avril 1898 n'est qu'un petit acheminement vers sa bonification, que d'ailleurs les modifications apportées visent plutôt les cas de conflits en cas d'infirmité que de protéger l'ouvrier et le petit patronat.

« Considérant par suite qu'il y a lieu d'abroger le plus tôt possible une loi funeste à la classe prolétarienne et qu'il convient d'en élaborer une nouvelle où les intérêts de cette classe seront sauvegardés.

« Considérant que seule la monopolisation par l'Etat des Assurances sur les accidents du travail peut faire cesser tous les abus et donner la tranquillité à l'ouvrier et au petit patron.

« En conséquence, propose d'émettre le vœu suivant :

« 1º Abrogation de la Loi du 9 Avril 1898 sur les accidents du travail.

« 2° Elaboration d'une nouvelle loi basée sur la monopolisation par l'Etat des assurances et assurance obligatoire pour tous les industriels, gros et petits.

« 3° Suppression, comme conséquence, de toutes les Compagnies d'Assurances mutuelles et à primes fixes. »

Le F∴ G∴ développe ce vœu qui est très vivement appuyé par le F∴ L∴ des *Enfants de Gergovie.*

Le F∴ V∴ des *Enfants de Gergovie* dit que la Loi a créé une caisse spéciale nationale d'assurances donnant toutes garanties au petit patronat.

Le F∴ B∴ représentant de la L∴ de Limoges fait remarquer que le taux de la prime à payer fixé par l'Etat est exhorbitant et dépasse singulièrement celui de toutes les Compagnies d'Assurances.

Le F∴ BOULEY dit que si la prime est élevée c'est parce que l'Etat n'a pas de clients. Si l'assurance était obligatoire et si l'Etat avait le monopole le taux diminuerait beaucoup.

Le F∴ M∴ des *Enfants de Gergovie* demande la monopolisation non seulement des assurances accidents mais de toutes les assurances en général.

Le F∴ Dr S∴ de l'or∴ d'Issoire considère les Compagnies d'Assurances comme des sociétés financières qui spéculent sur les entreprises. Il demande donc le monopole de toutes les assurances.

Le F∴ M∴ des *Enfants de Gergovie* trouve le vœu présenté tellement juste et légitime et surtout maçonnique qu'il demande au Congrès de le voter par acclamation.

Le vœu est voté à l'unanimité.

Suppression du Privilège de l'Ordre des Avocats

Le F∴ B∴ de l'or∴ de Montluçon demande au nom de l'atelier qu'il représente la suppression du privilège de l'Ordre des Avocats. L'exemple des F∴ Bedarride et Dazet frappés par le Conseil de l'Ordre des Avocats d'une façon tout à fait arbitraire nous démontre clairement qu'il est grand temps de supprimer radicalement le privilège scandaleux dont il jouit. Il demande en outre que l'exercice de la profession d'avocat devienne libre et que chaque plaideur puisse se défendre ou se faire défendre par qui bon lui semble.

Le F∴ F∴ de l'or∴ d'Issoire est partisan de la liberté de la profession, mais il tient à relever une erreur. Actuellement, s'il s'agit du Tribunal civil ou de la Cour d'Appel, il est loisible au plaideur de se défendre ou de se faire défendre par un tiers de son choix en en demandant l'autorisation. Il ne pense donc pas qu'il y ait lieu de formuler un vœu pour demander ce qui existe déjà. Il demande seulement d'étendre cette liberté aux autres juridictions.

Le F∴ B∴ de l'or∴ de Montluçon demande l'approbation de son vœu tel qu'il est présenté. Actuellement, dit-il, il existe tout au plus une latitude pour certaines juridictions.

Le vœu présenté par la Loge *Union et Solidarité* est approuvé avec conclusions favorables du fr∴ orat∴.

Droit de vote pour les Officiers et les Soldats

Le F∴ B∴ de la Loge de Montluçon expose que les membres du clergé, les prêtres et les congréganistes jouissent de tous les droits du citoyen. Seuls, les officiers et les soldats ne peuvent voter. Il comprend qu'autrefois le pouvoir central avait intérêt à faire une caste et maintenir ainsi en dehors de la nation les officiers et les soldats. Il reconnaît toutefois qu'actuellement, en accordant ce droit de vote, ce serait apporter un appoint aux réactionnaires, mais l'élément militaire se familiariserait davantage avec l'élément civil et il pense que ce serait le moyen d'amener l'armée à être nationale, du moins en ce qui concerne les officiers. Pour les soldats il faudrait, à son avis, admettre le vote par correspondance.

Le F∴ B∴ dit qu'en raison des difficultés d'application de la mesure proposée il n'insistera pas beaucoup pour que la réforme soit adoptée pour les soldats mais il demande au congrès de vouloir bien la voter pour les officiers.

Le F∴ B∴ de l'or∴ du Puy combat vivement le projet et demande au Congrès de le repousser.

Le F∴ G∴ de l'or∴ de Vichy fait remarquer le danger qu'il y aurait à avoir des officiers électeurs. Si on leur accorde le droit de vote, ils changeront, dans leurs garnisons, la face des élections, car les officiers forment une caste à part qui a horreur du pékin.

Le F∴ P∴ des *Philanthropes Arvernes* dit qu'il est impossible d'accorder le droit de vote aux officiers. Ces gens-là forment la caste du galon et le jour où nous leur accorderons cette nouvelle faveur la République courra les plus grands dangers. Nos officiers rêveront certainement d'un Président de la République militaire.

Le F∴ CL∴ des *Enfants de Gergovie* demande qu'on donne ce qu'il faut pour nationaliser l'armée et s'oppose à ce qu'on donne aux officiers des droits nouveaux. Les officiers sont tous ou presque tous des ennemis de la République et en leur accordant le droit de voter on en fera encore bien plus une caste. D'autre part si on demande le droit de vote pour l'officier on est obligé de le demander également pour le soldat. Il demande pour nationaliser l'armée qu'on supprime les cercles, les réunions où toutes les coteries viennent se former et qu'on oblige l'officier à vivre réellement avec la Nation.

Le vœu présenté serait à l'heure actuelle un vœu anti-républicain, l'officier étant actuellement dans une situation exceptionnelle il demande qu'on lutte d'abord contre tous les privilèges dont il jouit avant de lui en accorder de nouveaux.

La clôture de la discussion est demandée par un grand nombre de F∴

Sur conclusions défavorables du F∴ orateur le vœu est repoussé à l'unanimité.

Inviolabilité du domicile privé des gendarmes

Le F∴ Pr∴ de la Loge *Union et Solidarité* de Montluçon expose que les gendarmes sont soumis à une inspection minutieuse de leur domicile privé par leurs chefs. Il estime qu'il est inadmissible que pareille mesure vexatoire subsiste encore sous la République et demande au nom de l'atelier qu'il représente que le domicile privé des gendarmes soit inviolable même par leurs chefs.

Ce vœu est approuvé sans discussion.

Suppression de la prison militaire pour faits d'indiscipline

Le F∴ B∴ de la Loge de Montluçon expose que cette réforme est intimement liée à la suppression des Conseils de Guerre en temps de paix et demande que le droit d'infliger la peine de prison soit enlevé à l'officier de tout grade, cette peine ne pouvant être prononcée que pour les délits de droit commun et par les tribunaux ordinaires.

Le F∴ B∴ représentant de la L∴ de Limoges fait remarquer que l'exposé diffère quelque peu du vœu porté à l'ordre du jour.

Le F∴ Cl∴ pense qu'il ne faudrait pas exagérer dans cet ordre d'idées les réformes qu'on veut apporter. On abuse trop de la peine de prison, il est d'avis de la supprimer. Il demande donc qu'on s'en tienne aux punitions de consigne et de salle de police.

Ce vœu est renvoyé pour une rédaction nouvelle.

Sur la demande de quelques F∴ le président suspend les travaux pour quelques instants.

A la reprise des travaux on aborde les questions relatives à l'enseignement.

Suppression des Aumôniers dans les Lycées

Le F∴ D∴ de la Loge de Guéret demande, au nom de la commission dont il est le rapporteur : 1º La disparition en principe des aumôniers en tant que fonctionnaires publics;

2º Comme mesure transitoire, en attendant, que l'aumônier soit réduit au rôle de professeur de matières accessoires;

3º Qu'en aucun cas l'aumônier n'habite dans l'Etablissement. Il demande en outre que le ministre rappelle aux administrations l'observation de la Loi.

Le F∴ D∴ de l'or∴ de Nevers demande alors qu'il soit payé par ceux qui en bénéficieront.

Le F∴ Dr S∴ de l'or∴ de Montluçon dit qu'il y a la question de religion dans les Lycées et demande qu'on supprime les chapelles.

Le F∴ BOULEY pense qu'il serait plus sage d'émettre un vœu demandant la suppression pure et simple des aumôniers.

Le F∴ Cl∴ des *Enfants de Gergovie* demande la suppression de l'abus vexatoire qu'il est fait mention sur les bulletins trimestriels lorsque les élèves ont gagné ou non leurs Pâques.

Le F∴ N∴ cite le fait qu'au Lycée de Nevers le prix d'instruction religieuse est le premier.

Le F∴ Dr Cl∴ des *Enfants de Gergovie* fait remarquer que la discussion s'égare et demande de voter la suppression pure et simple de tous les aumôniers.

Après un résumé de la discussion fait par le F∴ Bouley, président, la suppression pure et simple de tous les numéniers est votée à l'unanimité.

Enseignement

Le F∴ Bouley donne lecture du vœu suivant présenté pa la Loge *Les Préjugés Vaincus*, or∴ de Guéret :

« Considérant :

« Qu'il importe de préparer l'homme et le citoyen pour la lutte des idées ; qu'il est indispensable de développer chez l'enfant l'esprit critique qui lui permette de juger sainement avec les seules lumières de la raison ;

« Que l'avenir de l'humanité réside tout entier dans les progrès de la science ;

« Considérant que l'enseignement donné actuellement dans les écoles de tout ordre est incomplet, timide et mutilé ;

« Que les religions ont joué un rôle prépondérant dans la marche de l'humanité et que les prêtres se sont fait tour à tour les propagateurs de la science ou les oppresseurs des esprits,

« Emet le vœu :

« Que, attendant la réforme complète de notre enseignement et la réforme radicale de nos méthodes, il soit fait dans les établissements d'enseignement primaire et d'enseignement secondaire une large part :

« 1º A l'étude de l'histoire des sciences ;

« 2º A l'étude comparée des religions et des églises. »

Ce vœu est adopté à l'unanimité sans discussion.

La discussion sur les vœux présentés par les LL∴ *Les Enfants de Gergovie* sur l'enseignement et *La Gauloise* sur la coéducation est renvoyée, sur la demande des délégués de ces ateliers, à la séance de demain matin.

Suppression des Commissions municipales scolaires

Le F∴ R∴ de la Loge *La Gauloise*, or∴ de Châteauroux, donne lecture du rapport suivant :

« Le Congrès des LL∴ du Nord-Ouest qui a eu lieu à Pacy-sur-Eure les 16 et 17 mai 1903 a eu à discuter la question de la fréquentation scolaire.

« Ce nous a été un bien sensible plaisir, dit le rapporteur, de voir que des quatre coins de notre région du Nord-Ouest tous les vœux sont unanimes pour réclamer, non pas l'abrogation de la Loi du 28 mars 1882, mais une application plus stricte de ses principes. »

« Tel sera aussi surement votre avis, mes F∴, et je suis certain que vous penserez également que, s'il est bon de créer autour de l'école ces œuvres qui rendent plus facile et plus agréable la fréquentation, point n'est cependant besoin d'aller chercher en dehors de la loi les moyens d'en assurer l'exécution.

« Si, à l'heure actuelle, il existe encore dans certaines parties de la France 10 p. o/o de conscrits absolument illettrés c'est que les pouvoirs publics n'ont pas voulu appliquer strictement les dispositions de la plus belle des lois dues à la 3º République.

« Or, cette désastreuse indifférence provient de ce que le soin de signaler les irrégularités et d'en assurer la répression a été confié à des autorités électives.

« Dans beaucoup de communes les instituteurs ont même cessé de communiquer les listes d'appel aux maires qui, dans la crainte de contrarier un électeur possible, se donneraient bien garde de signaler au juge de paix les absences irrégulières.

« Des tentatives ont été faites cette année dans le département de l'Indre pour tâcher d'amener un fonctionnement régulier des commissions municipales scolaires. Ces tentatives ont piteusement échoué, les membres de la commission ayant plutôt souci de leur réelection que de l'exécution du mandat répressif qui leur est confié.

« L'exécution de la loi ne peut être assurée que par des hommes n'ayant aucune attache personnelle dans la commune et n'ayant rien à attendre du suffrage universel.

« En conséquence nous vous proposons :

« La suppression des Commissions municipales scolaires.

« La liste des enfants ayant atteint l'âge de la scolarité serait dressée chaque année avant le 15 octobre par l'instituteur dans les petites communes où il est généralement secrétaire de mairie et par les commissaires de police dans les villes.

Les listes d'apppel seraient alors adressées à l'inspecteur primaire qui transmettrait les résultats de son pointage impartial et sévère au juge de paix chargé de sévir avec tempérament mais sans faiblesse. »

Le F∴ L∴ de l'or∴ d'Orléans n'est pas d'avis de la suppression des commissions. Il demande seulement la modification.

Le F∴ BOULEY résume et propose la réforme des commissions composées par des gens qui n'ont pas de fonctions électives.

Le vœu est approuvé dans ce sens.

Modification des Conseils départementaux et des Conseils de l'Instruction publique

Le F∴ R∴ de l'or∴ de Châteauroux donne lecture du rapport suivant :

« Le Conseil supérieur de l'Instruction publique est chargé d'élaborer les programmes et les règlements de l'enseignement public. Il est aussi un tribunal d'appel jugeant en dernier ressort les professeurs et les instituteurs et se prononçant sur la création, l'ouverture ou la fermeture des établissements publics ou privés d'enseignement.

« Le Conseil est presque absolument fermé aux réformes, pourtant si nécessaires, concernant les programmes et les règlements des lycées, collèges et écoles publiques ou relatives aux examens, à l'inspection, etc. Il est animé de l'esprit de routine, entretenu avec soin par les ronds de cuir des bureaux. Il serait utile d'y infuser un sang démocratique en augmentant le nombre des membres élus par le personnel de l'enseignement public et en faisant à la représentation de l'enseignement primaire une place plus importante.

« Pour les Conseils départementaux, il y a un intérêt de premier ordre à modifier leur composition et à étendre leur compétence. Comme tribunaux chargés de juger les instituteurs, ils n'offrent aucune garantie contre les caprices de l'administration. Sur les 14 membres qui le composent, il y a : le Préfet, président, l'Inspecteur d'Académie, le Directeur de l'École normale, la Directrice de l'École normale (membres de droit), deux Inspecteurs primaires nommés par le Ministre, quatre Conseillers généraux nommés par le Conseil général, deux Instituteurs et deux Institutrices nommés par leurs collègues.

Les instituteurs républicains voudraient voir le Conseil départemental appelé à statuer sur les déplacements d'office, et, pour que leurs intérêts et leurs droits soient garantis, ils estiment qu'il faudrait porter à **six** le nombre des instituteurs et institutrices faisant partie de ce Conseil et supprimer la représentation du Conseil général.

« Il y a une vingtaine d'années, les amis de l'École laïque demandaient que les instituteurs publics fussent nommés par leurs chefs hiérarchiques et que le Préfet ne fût plus appelé à intervenir dans les nominations et les déplacements les intéressant.

« Aujourd'hui, tous ou presque tous les instituteurs républicains considèrent comme tout-à-fait secondaire le mode de nomination. La plupart aimeraient mieux conserver le *statu quo* que de dépendre exclusivement d'inspecteurs presque tous réactionnaires et cléricaux, dont le principal souci est d'avoir un personnel docile et qui cherchent à y parvenir en abaissant les caractères et en courbant les volontés.

« Si le Préfet, agent essentiellement politique, ne s'occupe en aucune façon de la valeur professionnelle des maîtres, et cherche surtout à donner satisfaction aux gros bonnets de son département, la nomination des instituteurs par l'Inspecteur d'Académie ou par le Recteur ne serait pas un remède. L'Inspecteur d'Académie ne serait pas plus que le Préfet à l'abri des tentatives d'intimidation et de pression des personnages influents. S'il résistait, on le ferait plus facilement sauter encore que le premier magistrat du département. Quant au Recteur, il ne connaîtrait le personnel que par l'Inspecteur d'Académie.

« Comme les instituteurs constituent une puissance politique, toujours les partis politiques tenteront de les assujettir.

Il importe au contraire d'augmenter leur indépendance et leur dignité, pour leur permettre d'accomplir en paix leur importante fonction. Pour cela, il n'y a qu'un moyen : les soustraire aux influences des politiciens et des tyranneaux de village en subordonnant leur déplacement à l'avis du Conseil départemental, rendu indépendant et impartial par la réforme que nous proposons.

« Dans une démocratie, l'éducation doit avoir pour idéal de former des volontés, des caractères fortement trempés, de préparer des hommes capables de penser par eux-mêmes, de comprendre et de soutenir une idée, capables surtout de défendre leurs intérêts, leurs droits et leur liberté contre les partisans des privilèges.

« Les professeurs et les instituteurs, chargés d'enseigner par l'exemple plutôt que par les préceptes le sentiment de la dignité humaine, fondement de la morale, et le sentiment de la justice, fondement de la société démocratique, ne peuvent s'acquitter de leur mission difficile, s'ils sont à la merci des hommes politiques, s'ils ont tout à espérer ou tout à craindre du pouvoir. Il faut qu'ils soient à l'abri des intrigues et que leur situation soit garantie contre le caprice de leurs chefs, il faut qu'ils soient des hommes libres pouvant dire ce qu'ils pensent des choses et des idées.

« Comment formeraient-ils des citoyens dignes de ce nom s'ils sont des esclaves, des êtres vils et rampants, obligés de plier l'échine devant des personnages méprisables et indignes, mais puissants !

« Cette question de la dignité et de l'indépendance des instituteurs intéresse au plus haut point l'éducation nationale. On ne sera donc pas étonné que la Franc-Maçonnerie s'en préoccupe et l'ait inscrite parmi les sujets qui sollicitent ses délibérations.

« C'est pourquoi nous proposons :

« Que le Conseil supérieur de l'Instruction publique et les Conseils départementaux de l'Enseignement primaire soient modifiés de façon à ce que les membres élus de l'Enseignement public y soient en nombre égal aux membres nommés par les administrations ou qui en font partie de droit, et que les instituteurs publics ne puissent être déplacés d'office par mesure disciplinaire qu'après avis conforme du Conseil départemental. »

Le F∴ L∴ de l'or∴ d'Orléans fait remarquer que cette proposition peut faire double emploi avec celle soumise par la Loge *Les Enfants de Gergovie*.

Le F∴ L∴ des *Enfants de Gergovie* demande le renvoi de cette question pour être discutée en même temps que celle soumise par son atelier.

Le F∴ R∴ des *Philanthropes Arvernes* résume la question et dit qu'en ce qui concerne la composition du Conseil départemental, il s'associe à la proposition. Il voudrait voir étendre la question de compétence des commissions en ce qui concerne les déplacements des instituteurs.

Le F∴ D∴ de l'or∴ de Nevers regretterait profondément la suppression des Conseillers généraux dans ces commissions si cette réforme était prononcée.

Le F∴ M∴ des *Philanthropes Arvernes* estime que les Conseillers généraux peuvent être très utiles comme ils peuvent aussi être très nuisibles, car le jour où un conflit s'élèverait, les délégués seraient forcés de céder ou de s'en aller.

Le F∴ BOULEY résume la discussion :

1re partie. Les Conseils départementaux seront réformés de façon à ce que les membres élus y soient en nombre égal aux membres de droit. Cette partie est adoptée.

La 2me partie demandant à étendre la compétence des Conseils départementaux est renvoyée pour être discutée demain matin.

Vœu de sympathies

Le F∴ M∴ des *Enfants de Gergovie* demande au Congrès de voter le vœu suivant :

« Le Congrès de la Fédération des Loges du Centre réuni à Clermont-Ferrand, adresse aux victimes des fusillades de Limoges l'expression de ses plus vives sympathies, blâme énergiquement le Gouvernement qui met au service du Capital l'Armée nationale. »

Le F∴ C∴ de l'or∴ de Limoges appuie ce vœu et dit que ce n'est pas assez. Il demande aux représentants des Loges de la Fédération de vouloir bien demander à leurs ateliers d'envoyer une obole, si minime soit-elle, de façon à montrer à l'ouvrier que nous nous intéressons à lui.

Le F∴ BOULEY dit qu'il est certain que les délégués seront les interprètes de nos F∴ de Limoges auprès de leurs ateliers pour leur demander de souscrire dans ce sens.

Le vœu proposé par la Loge *Les Enfants de Gergovie* est ensuite voté par acclamations.

Le F∴ D͏ʳ CL∴ de la Loge *Les Enfants de Gergovie* demande au Congrès de :

« Blâmer énergiquement le Ministre de la Guerre, F∴ Berteaux, pour avoir mis à la tête du 12ᵉ Corps d'Armée le Général Tournier, félon à la République, que les Loges du Puy-de-Dôme et tous les groupements républicains socialistes et libre-penseurs avaient accompagné de leur mépris dans sa retraite anticipée. »

Le F∴ BOULEY dit qu'il ne peut pas mettre ce vœu aux voix, étant donné qu'il est anticonstitutionnel, notre constitution interdisant de façon absolue aux Loges de critiquer les actes du Gouvernement.

Le F∴ CL∴ demande alors à ce que son vœu soit discuté hors séance.

Le F∴ BOULEY lui répond que dans ces conditions il le votera des deux mains.

Le F∴ BOULEY donne ensuite lecture du vœu suivant présenté par la Loge *L'Humanité*, or∴ de Nevers :

« Considérant :

« 1° Que les dépenses budgétaires croissent, chaque année dans des proportions inquiétantes ;

« 2° Que l'augmentation constante du nombre des fonctionnaires publics et de leur traitement de plus en plus élevé, créent des charges de plus en plus lourdes pour le monde des travailleurs, commerçants et industriels ;

« Émet le vœu suivant :

« 1° Que l'État diminue le plus promptement possible le nombre de ses fonctionnaires, surtout parmi ceux d'un ordre élevé ;

« 2° Que les gros traitements soient ramenés au chiffre maximum de 10.000 francs ;

« 3° Qu'une retraite ne soit accordée qu'aux fonctionnaires ne jouissant pas d'un traitement supérieur à 5.000 francs, et que cette retraite soit inversement proportionnelle, c'est-à-dire que le simple facteur ou le modeste cantonnier puisse, après 25 ou 30 ans de services, être assuré du pain quotidien aussi bien que celui qui, par suite de l'élévation de son traitement, aurait pu lui-même s'assurer cet avantage. »

La séance est levée à six heures du soir.

A huit heures, un banquet réunissait les membres du Congrès et quelques Maç∴ de la région du Centre, à l'Hôtel Terminus. La plus franche cordialité n'a cessé de régner au cours de cette réunion toute fraternelle.

TROISIÈME SÉANCE
30 Avril (matin)

La séance est ouverte à neuf heures du matin, sous la présidence du F∴ BOULEY.

Le Président donne lecture d'un télégramme de notre Fr∴ Fernand Rabier, député, qui s'excuse d'avoir manqué le Congrès retenu à Orléans par un empêchement imprévu, adressant ses salutations fraternelles et celles de la Loge d'Orléans réunie aujourd'hui et priant le Congrès de décider que le prochain Congrès aura lieu à Orléans.

Questions relatives à l'Enseignement

Le F∴ B∴ des *Enfants de Gergovie* donne lecture du rapport suivant :

Réorganisation de l'Enseignement Primaire Laïque

MOTIFS QUI IMPOSENT LA RÉORGANISATION

I. Devoir Républicain, Social et Laïque
II. Recrutement du Personnel, sa Nomination, sa Dignité et son Indépendance

I. Devoir Républicain, Social et Laïque

Dans une *République démocratique*, l'instruction doit être *gratuite, obligatoire* et *laïque ;* obligatoire au premier degré seulement, gratuite et laïque à tous les degrés.

Or, depuis bientôt trente-cinq ans, nous jouissons d'un régime soi-disant républicain et l'enseignement primaire n'est gratuit qu'en partie, obligatoire que de nom et bien peu laïque. Il existe pourtant des lois que nous devons à l'intelligence de Jules Ferry et de Paul Bert, mais ces lois n'ont été ni complétées, ni appliquées.

On a cru rendre l'instruction gratuite en supprimant simplement la rétribution scolaire, sans songer aux fournitures de classe, aux vêtements et à la nourriture des enfants pauvres.

Quand à l'avoir rendue obligatoire, on en est loin ! La loi de 1882 n'a jamais été appliquée : les Préfets ayant autre chose à faire et les Maires ayant à ménager leurs électeurs !

On n'a rien fait, puisqu'il reste encore à faire, pour faciliter la fréquentation scolaire aux enfants des paysans et des ouvriers. Le législateur leur a bien dit : « Allez à l'école, le Maître vous attend et il vous instruira pour rien. » Mais on n'a pas osé appliquer l'obligation à l'enfant qui ne peut se payer un livre, même un cahier. On n'a pas osé appliquer l'obligation à l'enfant qui ne fréquente pas la classe parce qu'il n'a pas de vêtements convenables, de tablier propre. On n'a pas osé appliquer cette obligation à l'enfant dont les parents sont au travail toute la journée et qui n'a pas, à midi, un repas chaud. Enfin, on n'a pas osé empêcher les parents qui, à la campagne surtout, louent leurs enfants dès l'âge de 9 ou 10 ans, afin de n'avoir pas à pourvoir à leur nourriture corporelle... Ils se soucient fort peu de leur nourriture intellectuelle !

Tout cela ce sont des crimes sociaux et anti-humanitaires.

Et la République se dit le Gouvernement des petits, des déshérités ! Hélas ! elle n'est encore qu'une République bourgeoise. Dans son intérêt, il faut que tous les petits Français pauvres puissent fréquenter l'école au moins jusqu'à 12 ans, et sans qu'il en coûte rien à leurs parents.

Alors seulement la Démocratie aura fait son devoir et ne craindra plus les partisans des régimes déchus !

•
• •

Un autre devoir impérieux, le *Devoir laïque*, engage sérieusement le Gouvernement à laïciser l'Enseignement primaire qui ne l'est que pour la forme.

Dès l'année 1882, lors du premier mouvement de laïcisation dans l'Enseignement primaire, on fut obligé, faute de personnel, de nommer beaucoup d'*anciens Frères* qui avaient abandonné leur froc, mais non leurs idées. Par la suite, des *Sœurs* furent aussi nommées et, comme les premiers, elles apportèrent à l'école leur même enseignement, leurs mêmes méthodes, leur même esprit clérical.

Actuellement une situation identique se présente. Les lois sur les Congrégations vont amener à la tête des écoles publiques une foule de maîtres et de maîtresses sécularisés pour la forme, mais non dans le fonds.

Ce personnel aura des idées rétrogrades.

En effet : voilà des personnes qui à 30, 40 ans, viennent de se réveiller *hommes et femmes*. Naguerre ces hommes et ces femmes n'étaient que des serviteurs et des servantes du Gésu ! Les jeunes se marieront, soit : mais ils conserveront leurs illusions sur l'*au-delà* et reconnaîtront toujours la supériorité du prêtre, leur directeur de conscience.

Tous, jeunes et vieux, garderont en leur cœur inhumain la haine de *la laïque* et de la République.

Et si ces maîtres ont besoin d'être dirigés, éclairés par les robes noires (je veux dire obscures), comment formeront-ils le cœur et la conscience des enfants confiés à leurs soins, et futurs citoyens d'un Pays intellectuel et libre ?...

Outre ces recrues, sujettes à caution, le personnel primaire laïque compte encore, hélas ! un trop grand nombre d'instituteurs et surtout d'institutrices aussi *cagots* que les défroqués.

Il y a encore nombre de classes dont la place d'honneur — la place que devrait occuper la *Déclaration des Droits de l'Homme et du Citoyen* — est prise par un Crucifix, emblème de barbarie !... Dans ces écoles-là, on récite le catéchisme, on dit la prière, en dépit du règlement scolaire.

Il est pourtant bien naïf de forcer un enfant à apprendre des insanités, qu'on ne saurait leur expliquer, comme celles-ci : *Il y a un état plus parfait que celui du mariage, c'est celui de la virginité chrétienne. Et : L'œuvre de chair ne désirera qu'en mariage seulement...*

On fait aussi dire la prière, afin d'intercéder auprès d'une puissance divine, infinie, qui n'envoie pas même du pain aux pauvres orphelins qui lui crient : *Notre Père, qui êtes aux Cieux, donnez-nous notre pain quotidien.....................*

L'éducation cléricale est la honte de notre siècle : elle rabaisse l'Enseignement laïque et humilie le gouvernement qui la tolère. Elle doit être remplacée par une éducation sociale, appuyée sur la Raison, sur la Science, si l'on veut que la France reprenne son évolution politique normale et le cours glorieux de ses destinées.

II. Recrutement du Personnel, sa Nomination, sa Dignité et son Indépendance

Le recrutement et le choix du personnel devrait se faire avec tout le discernement possible, car le : *Tant vaut le Maître, tant vaut l'École,* n'est pas seulement vrai au point de vue professionnel, il l'est encore au point de vue éducatif.

Les Institutrices et Instituteurs sont nommés, déplacés, ballottés par les Préfets, sur la proposition des Inspecteurs d'Académie.

Nous savons comment sont faites parfois ces propositions : elles ne sont pas toujours libres, ne visent pas le mérite et renferment presque toujours quelque intrigue politique.

Le dernier mot reste aux Préfets. Ces hauts fonctionnaires, tous issus d'une caste privilégiée, ne sont, en général, républicains que parce qu'ils représentent le Gouvernement. Mais ce dernier est tantôt entre les mains de tel ou tel parti, de tel ou tel ministre; les Préfets alors changent de *couleur* ou de résidence et imposent partout et à tous une nouvelle politique représentant toujours les mêmes idées, combattant toujours les mêmes revendications. Cette seule raison suffirait pour condamner le mode de nomination du personnel enseignant dont le but est le *Progrès* par l'émancipation intellectuelle et morale du Peuple.

Un Instituteur a donc un chef politique au chef-lieu du département : le Préfet; il en a un autre au chef-lieu d'arrondissement : le Sous-Préfet; un autre dans sa commune : le Maire, et puis d'autres, d'autres encore, tout autour de lui. Ah! le malheureux! qu'il vienne à mécontenter un politicien quelconque de village, son affaire est réglée.

Celui qu'il aura froissé trouvera auprès des chefs désignés plus haut, auprès du Sénateur, du Député, du Conseiller général, du Conseiller d'arrondissement, du Conseiller municipal même, un vengeur empressé pour mater cet Instituteur à l'esprit large, aux idées élevées ou qui aura déplu.

Souvent aussi, il faut le dire, l'Instituteur ambitieux, intrigant et nul sollicite, chez ces mêmes personnes, aide, protection et faveurs, aux dépens de sa dignité.

Mais les véritables maîtres primaires sont des hommes qui pensent et qui se respectent; ils ne sauraient être des esclaves. En dehors de leurs fonctions, ils doivent pouvoir exercer librement leurs droits de citoyens.

Et s'il leur plaît, après la classe, de passer un moment au Comité démocratique ou à la Loge maçonnique, ils ne doivent pas craindre d'y afficher leurs idées et de s'intéresser à tout ce qui touche à l'évolution politique de leur Pays et de l'Humanité.

Qu'on les débarrasse donc de tout chef politique et que le Préfet ne soit, vis-à-vis d'eux, que le représentant aimé et respecté du Gouvernement, rien de plus, rien de moins.

Qu'on les débarrasse de l'influence autocratique des Maires, autres curés laïques, en leur assurant un traitement suffisant afin qu'ils n'acceptent plus le secrétariat de la Mairie.

En effet, beaucoup de difficultés leur viennent de là et pourtant il faut vivre; il faut pouvoir élever sa famille, cela seulement retient les Instituteurs sous le joug des Maires.

Il est aussi très urgent et indispensable que toutes les promotions au choix et toutes les récompenses, sans exception, soient supprimées. Dès lors, pas une Institutrice, pas un Instituteur ne sera tenté d'aller implorer une personne influente pour obtenir soit un avancement, soit une faveur. On ne tremblera plus lorsqu'il s'agira d'appliquer les règlements, c'est-à-dire de supprimer la prière ou la récitation du catéchisme à l'école : l'influence cléricale, qui est encore toute puissante, n'existant plus.

Les maîtres sauront enfin que l'enseignement doit être vraiment rationnel et débarrassé de tout dogme, de toute servitude, de toute bassesse. Il conserveront enfin leur dignité morale et leur indépendance d'idées. Ils ne risqueront plus leur avenir en enseignant la *Vérité* et en combattant l'*Erreur*. Ils s'aimeront enfin davantage entre eux, puisque rien ne les divisera : les causes de méfiance et de jalousie disparaissant avec les faveurs, méritées ou non.

* *

Les inspecteurs primaires sont les chefs directs des instituteurs. Pour la plupart ils sont bons, justes, républicains, laïques. Ils connaissent les maux et les misères du corps enseignant; mais ils n'y peuvent rien, étant eux-mêmes sous l'autorité des politiciens. Résistent-ils à une proposition injuste ? ils sont déplacés.

D'autres, au contraire, sont prétentieux, injustes, cléricaux et réactionnaires. Ceux-là sont aussi des jésuites qui, avides d'avancement et de faveurs, se trainent aux genoux des hommes politiques, des chefs de bureaux du Ministère et sacrifient sans pudeur leurs subordonnés à leurs intérêts.

Qu'on républicanise et laïcise d'abord les bureaux du Ministère de l'Instruction publique; puis qu'on choisisse comme Inspecteurs d'Académie et comme Inspecteurs primaires des hommes intègres ayant conscience de leurs droits et résolus à les défendre, des hommes laïques et républicains et qu'on donne, à eux aussi, l'indépendance et la stabilité qu'ils n'ont pas.

De cette manière, on créera la famille universitaire dont l'influence bienfaisante s'étendra sur la Nation entière.

LES ECOLES DE DEMAIN

I. Ecoles Maternelles et Primaires, leur Entretien. Cantines Scolaires. Caisse des Ecoles.
II. Enseignement Anti-Dogmatique et Intégral. Programmes Mixtes.
III. Continuité de l'Enseignement Primaire : Ecoles Primaires Supérieures, Ecoles Normales, Ecoles Professionnelles, Collèges ou Lycées.
IV. Œuvres Post-Scolaires.

I. Ecoles Maternelles et Primaires, leur Entretien. — Cantines Scolaires. — Caisse des Ecoles.

Dans chaque commune où le besoin se fait sentir, il devra y avoir une école maternelle, rattachée aux écoles primaires.

En effet, les écoles maternelles rendent de très grands services à la population ouvrière et rurale. Les programmes sont bien déterminés, sagement conçus, sauf sur un point : on n'use pas assez des promenades au grand air. Pourtant, à 3, 4 ou 5 ans, la santé des enfants est plus précieuse que leur instruction.

Il faudrait que les communes fussent mises en demeure d'affecter ou de construire un local pour l'école maternelle et, à défaut de maitresse diplômée, une fille un peu âgée, une femme dévouée, aimant les enfants, suffirait.

En sortant de l'école maternelle, à 6 ans, les enfants iront à l'école primaire.

Si certaines communes possèdent ce qu'on a appelé des *palais scolaires*, beaucoup d'autres n'ont comme écoles que de misérables taudis, infects, malsains, indignes de recevoir les enfants et de loger les maitres.

L'administration constate que maitres et élèves sont exposés à contracter, dans ces locaux, des maladies graves et, en particulier, la tuberculose. Elle constate encore que les classes ne sont pas blanchies tous les ans et en fait peser la responsabilité sur les maitres. C'est aux Municipalités qu'il faut s'en prendre et les obliger:

A ce que les classes et les logements soient installés d'une manière moins défectueuse;

A veiller au matériel scolaire qui ne répond jamais aux règles de l'hygiène;

A se procurer un matériel d'enseignement là où il est nul et insuffisant;

A commettre une personne, agréée par l'instituteur ou l'institutrice, pour balayer la classe et en assurer la propreté;

A installer des cantines scolaires, là où le besoin s'en fait sentir.

La personne qui sera chargée d'assurer la propreté des classes et de ses annexes sera toute désignée pour préparer un repas pour tous les enfants qui ne rentrent pas dans leur famille à midi. Ce repas sera servi gratuitement à tous les enfants dont les parents sont nécessiteux.

Enfin, obliger les Communes et le Département à créer et à subventionner très largement les Caisses des Ecoles pour qu'elles donnent gratuitement aux enfants pauvres, non seulement les fournitures classiques, mais aussi des vêtements, des chaussures.

II. Enseignement Anti-Dogmatique et Intégral.
Programmes Mixtes.

Une profonde réforme est nécessaire à l'école primaire, moins au point de vue des programmes qu'au point de vue de la donnée de l'enseignement.

Ainsi, l'enseignement mixte ou co-éducation se fera partout où cela est possible. Aujourd'hui, beaucoup de communes ont à la tête de leurs écoles un ménage d'instituteurs, cette réforme sera appliquée là immédiatement.

Tout le monde s'en trouvera bien : la tâche des maîtres sera simplifiée, le respect et l'émulation existeront entre filles et garçons et leurs progrès seront plus rapides.

Les programmes seront aussi révisés de façon à ce que l'Enseignement soit anti-dogmatique et exclusivement scientifique. On enseignera aux élèves, dans la mesure où leur âge et leurs aptitudes le comportent, la Science totale qui seule est capable de remplacer l'idéal religieux par un idéal plus haut, celui du *droit humain*.

Cette éducation sera intégrale, c'est-à-dire qu'elle aura pour but la culture et le développement de toutes les facultés de l'individu : intellectuelles, morales, physiques, sans souci des contingences économiques

**

Les livres encore en usage dans les écoles sont, pour la plupart, des livres qui prennent pour principes d'éducation : le respect de la force, le prestige de l'autorité et qui s'inspirent de méthodes pédagogiques surannées. Il faut au contraire des ouvrages conçus dans un esprit vraiment démocratique, pacifiste, en rapport avec un enseignement intelligent et aux besoins nouveaux de la Société laïque et sociale.

III. La Continuité de l'Enseignement Primaire

Ecoles primaires supérieures. — A 12 ans seulement, tous les élèves des écoles primaires laïques, garçons et filles, pourvus du Certificat d'études et qui le désireront, iront aux écoles primaires supérieures, dont le nombre sera en rapport avec les besoins. Tout leur sera fourni gratuitement : trousseau, nourriture, fournitures.

Ces écoles seront des écoles d'attente.

Là, jeunes gens et jeunes filles recevront une instruction et une éducation complémentaire.

Pendant ce stage, leur vocation naîtra et sera encouragée.

Après trois ans passés à ces écoles, les candidats iront, par voie de concours, selon leurs désirs et leurs aptitudes — toujours gratuitement — soit aux écoles normales, soit aux écoles professionnelles, soit aux collèges ou aux lycées.

**

Ecoles normales. — Les écoles normales prépareront toujours les futurs instituteurs et institutrices et nul n'obtiendra un poste s'il n'est élève de ces écoles.

Il est juste d'établir pour tous les maîtres l'égalité des titres de capacité et d'unité d'origine, car l'inégalité des titres est une source de difficultés administratives et une cause d'humiliation sur laquelle il n'y a, sans doute, pas lieu d'insister.

Le relèvement du niveau de la culture générale et de l'éducation professionnelle des instituteurs s'impose. De plus en plus, l'école primaire tend à devenir un des rouages essentiels de notre organisation sociale et les maîtres voient leur tâche, déjà si élevée et si délicate, s'accroître chaque jour de nouveaux devoirs. Ils doivent donc être préparés à répondre à toutes les espérances de l'époque présente et être à même de satisfaire à la transformation de la France de demain.

C'est à l'école normale que les futurs maîtres et maîtresses doivent faire l'apprentissage de la solidarité; c'est là qu'ils doivent apprendre à s'aimer, à se soutenir, afin que, plus tard, à leur poste, ils ne donnent pas aux populations des exemples de discordes, de dissentiments, de jalousies.

Après un stage de trois ans, les élèves-maîtres, dont la conduite, l'instruction et l'éducation ne laisseront rien à désirer, seront pourvus d'un diplôme, le même pour tous, qui leur donnera le droit d'enseigner.

*
*

Ecoles Professionnelles. — Les écoles professionnelles garderont aussi les élèves trois ans et elles donneront au Pays des ouvriers et des ouvrières habiles, des cultivateurs et des ménagères intelligents. Ces écoles seront ouvertes aux filles comme aux garçons, mais avec des programmes différents.

*
*

Collèges et Lycées. — L'entrée aux collèges et aux lycées sera facilitée pour les garçons et les filles dont les aptitudes seront constatées. On leur permettra même d'atteindre les plus hautes écoles, voire même le Collège et l'Institut de France.

Par ce moyen, les fils du peuple pourront et arriveront à occuper les plus hauts emplois, les plus hautes fonctions dans la République, ce qui est de nos jours une rare exception.

Les résultats politiques seront immenses, car il est bien constaté que seuls les prolétaires, seuls les petits fonctionnaires, sont les fidèles soutiens et les plus sincères partisans d'un Gouvernement démocratique. Il est facile de prévoir l'évolution sociale accomplie par leurs enfants : cette évolution ou révolution sera magnifique !

*
*

Œuvres Post-Scolaires. — Les œuvres post-scolaires laïques : associations d'anciennes et d'anciens élèves, patronages, mutualités scolaires, universités populaires, sont utiles et méritent d'être encouragées.

Elles permettent aux adultes de poursuivre leur instruction, d'améliorer leur éducation, et ont le mérite de les retenir et de les attacher à l'école.

De plus, elles ont une foule de rivales libres qui se sont fondées depuis la loi sur les associations ; cela les rend d'autant plus intéressantes.

L'Etat inscrira donc au budget de l'Instruction publique un crédit suffisant — et non dérisoire comme il le fait actuellement — afin de subventionner toutes ces œuvres et d'indemniser convenablement les maîtres et les maîtresses qui y consacrent leurs loisirs.

A ce sujet, l'Etat, par un crédit inscrit au budget de l'Intérieur, donne une subvention aux sapeurs-pompiers qui travaillent à enrichir les Compagnies d'assurances. Nous ne récriminons pas. Mais en quoi les sociétés d'adultes seraient-elles moins intéressantes que les Compagnies de sapeurs-pompiers ?... Moins de dangers, dira-t-on. Plus de résultats, répondrons-nous.

* *

L'Etat aura donc le monopole de l'Enseignement : un grandiose enseignement public, donnant à tous pour rien les meilleurs maîtres et les meilleures méthodes, formant une seule génération, unie, ardente, généreuse, éprise de Liberté et de Justice.

L'aristocratie, la bourgeoisie et même les patrons-capitalistes qui, jusqu'à présent, n'ont voulu pour leurs rejetons aucune promiscuité avec les enfants du peuple, seront obligés de les envoyer aux écoles de l'Etat. Ils verront alors d'où viendra la plus grande somme de travail et de résultats : ou du cerveau sain des plébéiens ou du cerveau anémié des privilégiés !

Ils auraient, d'ailleurs, mauvaise grâce à se plaindre de cette obligation, parce qu'ils ne se sont pas fait scrupule de forcer les ouvriers ou les paysans, qui sont sous leur dépendance, à envoyer leurs enfants dans les écoles congréganistes ou libres dont ils ont été les fournisseurs attitrés.

En attendant, et par mesure transitoire seulement, le plus petit nombre possible d'emplois, civils ou militaires, salariés ou non, seront accordés aux élèves des écoles libres ou congréganistes.

LE PERSONNEL

I. Les Chefs Primaires. — II. Les Maîtres Laïques
III. Leur Traitement, leur Retraite, leur Responsabilité
IV. Comités de Défense

I. Les Chefs Primaires

Puisqu'il n'y aura qu'une seule école pour tous, l'école primaire laïque, tous les futurs inspecteurs primaires auront coudoyé leurs camarades restés instituteurs. Ils auront été leurs compagnons, non seulement à l'école primaire, mais encore à l'école primaire supérieure, puis à l'école normale. Ils seront plutôt les amis des instituteurs que leurs chefs.

Les professeurs de l'Enseignement secondaire et supérieur n'auront plus cette arrogance et ce dédain à l'égard des primaires ; l'entente entre les trois ordres d'enseignement se réalisera.

II. Les Maîtres Laïques

La nomination des instituteurs et des institutrices sera faite par le directeur de l'Enseignement primaire ou tout au moins par le recteur, sur la proposition de l'inspecteur d'Académie, après l'avis de l'inspecteur primaire.

Les nominations et les mutations se feront — sauf dans les cas exceptionnels ou urgents — une fois par an seulement : dans la dernière quinzaine d'août.

A cette condition seule, il y aura de l'ordre, de la suite et de la dignité. Car il est triste de voir, à toute époque de l'année, surgir un mouvement ; tous les mois un petit paquet. A ce compte, que devient l'intérêt des maîtres et des classes ? Et à quel mobile obéit l'Administration en désorganisant les écoles au cours de l'année scolaire !...

Débarrassé de toute contrainte politique, toujours ennemie du progrès, réellement imbu de l'esprit laïque, homme indépendant, fonctionnaire honoré et honorable, l'instituteur remplira sa tâche avec goût, avec fruits.

Débarrassé de toute occupation étrangère à ses fonctions, l'instituteur aura le temps d'étudier, de lire, de méditer, afin de renouveler tous les jours son enseignement. Il aura, enfin, le loisir de se consacrer aussi à l'instruction et à l'éducation des adultes.

Sa sécurité et son indépendance morale seront assurés par son indépendance matérielle, c'est-à-dire par un traitement convenable.

III. Leur Traitement, leur Retraite, leur Responsabilité

Traitement. — Les institutrices auront le même traitement que les instituteurs.

Ils seront divisés en cinq classes et leurs traitements fixés ainsi qu'il suit :

5e Classe	1.200	francs
4e —	1.500	—
3e —	1.800	—
2e —	2.100	—
1re —	2.400	—

La classe des stagiaires est supprimée : placés à vingt ans, après leur service militaire, les élèves-maîtres seront instituteurs et rangés en 5e classe. Les années de service militaire compteront pour leur avancement.

L'avancement sera régulier et aura lieu tous les cinq ans.

L'indemnité de logement sera uniforme.

L'indemnité de résidence sera égale pour tous les maîtres et maîtresses et ne dépendra pas du chiffre de la population, mais des conditions particulières d'existence dans chaque localité.

* *

En attendant l'application de cette loi, un classement général aura lieu, basé uniquement sur les années de services. Les instituteurs dont l'avancement a été retardé sous le régime de la loi de 1889 recevront une compensation. En un mot, toutes les injustices seront réparées et les inégalités supprimées par voie d'extinction, y compris les suppléments de traitement pour les titulaires chargés de la direction d'une école à plus de deux ou de quatre classes.

* *

Actuellement les Chambres s'occupent du projet Simyan. Voteront-elles ce projet ? Il est permis de l'espérer, car elles auront peur de lasser la patience du corps enseignant qui, depuis bien longtemps, réclame justice et qui a donné tant de preuves de désintéressement et de dévouement à la République.

Ce projet ne donne pas satisfaction au point de vue des traitements et de l'avancement. De plus il renferme trois grandes injustices :

1º Le traitement des institutrices inférieur à celui des instituteurs à partir de la 4e classe;

2º Le maintien des promotions au choix;

3º L'interdiction des deux premières classes aux maîtres et aux maîtresses non pourvus du brevet supérieur et entrés en fonctions après le 19 juillet 1889.

* *

Retraites. — La retraite sera acquise après 25 ans de services et quel que soit l'âge. Elle sera uniforme et ne s'élèvera qu'à 1000 francs nets avec une augmentation de 60 francs pour chaque année de services supplémentaires. A 35 ans de services (55 ans d'âge) elle atteindra 1,600 francs. Aucun maître ne pourra enseigner après 55 ans révolus.

Les fonctions de l'instituteur sont meurtrières et on a constaté que c'est entre 25 et 40 ans que succombent trop souvent de jeunes chefs de famille, laissant dans la misère une femme et de jeunes enfants. Actuellement, on accorde un petit secours à cette veuve et on l'oblige à renouveler sa demande chaque année.

La loi de retraite comprendra donc les trois articles suivants :

1º La veuve d'un instituteur recevra, quelle que soit sa position, une pension viagère s'élevant au tiers du traitement de son mari au moment de son décès. Chacun de ses enfants aura droit à une indemnité de 360 francs par an jusqu'à l'âge de 21 ans pour les filles et jusqu'après leur service militaire pour les garçons ;

2º Le ou les enfants d'une institutrice décédée en activité de services auront droit, à parts égales et jusqu'à leur majorité, au tiers du traitement de leur mère ;

3º La veuve d'un instituteur à la retraite aura droit à la moitié de la retraite de son mari.

D'aucuns pourraient trouver ces réclamations exagérées ; qu'ils songent que l'on retient aux instituteurs 5 % de leur traitement plus le premier douzième d'augmentation ; que l'on calcule le chiffre de la mortalité et l'on verra que l'Etat s'en tire à bon compte. Tant pis pour lui si les grosses retraites civiles et les innombrables retraites militaires le ruinent.

D'un autre côté, que l'on compare leur situation à celle d'un fonctionnaire à 30,000 francs de traitement et à 10,000 francs de retraite, plus la gérance d'un bureau de tabac !

.

Responsabilité. — Les instituteurs continueront à surveiller paternellement leurs élèves, mais ils ne seront plus responsables des accidents qui pourraient leur arriver soit pendant la classe, soit pendant les récréations. L'Etat se substituera à eux et il se fera aussi un devoir de les défendre contre la diffamation et contre quiconque les attaquera, sans motifs, dans l'exercice de leurs fonctions.

IV. — Comités de Défense.

Un inspecteur peut être injuste envers son subordonné ; il peut vouloir son déplacement sans motifs ou sans son assentiment ; alors il est nécessaire d'avoir un Comité de défense, dans le genre du Conseil départemental, mais autrement organisé et dont les pouvoirs soient réels.

Ainsi, ce Comité renfermera un nombre de délégués — instituteurs ou institutrices, par moitié — égal à celui des représentants de l'administration (inspecteurs primaires). Il sera présidé par l'inspecteur d'Académie et l'intéressé sera toujours entendu. Les réunions seront publiques et les décisions publiées. La justice n'a pas besoin, dans ce cas, du huis-clos ; on ne peut peser juste dans l'obscurité : il faut de la lumière.

Le Conseil supérieur de l'Instruction publique sera rendu complètement indépendant et plus primaire.

Ressources pour faire ces réformes

Telles sont les réformes, succinctement développées, que demande le corps enseignant ; réformes, avons-nous besoin de le dire, inspirées uniquement de la devise républicaine : *Liberté, Egalité, Fraternité.*

Pour les mettre à exécution, il faut des ressources.

On les trouvera : soit en réduisant les charges militaires (voir la brochure éditée par la Loge *Les Enfants de Gergovie*);

Soit par l'impôt sur le revenu;

Soit en affectant le budget des cultes à l'instruction publique. Surtout en remaniant complètement le budget, ce vieux budget qui engouffre des milliards, gaspille des millons et qui répartit si mal les ressources en donnant des traitements fabuleux, des retraites onéreuses à des fonctionnaires dont l'esprit étroit, arriéré, empêche tout progrès.

Il faut se persuader qu'une société nouvelle a des besoins nouveaux. C'est donc par la refonte générale des impôts et le remaniement complet des charges que la République ne faillira pas à ses promesses. Qu'elle n'hésite pas surtout à réorganiser l'enseignement et qu'elle se hâte de donner satisfaction au personnel enseignant, surtout au moment où elle va jeter, en face de chaque instituteur pour combattre son œuvre, le curé devenu rentier; au moment où elle va rendre libres cinquante mille prêtres qui haïssent la Révolution, c'est-à-dire la Société Laïque.

Conclusions

La Loge *Les Enfants de Gergovie*, considérant que la réorganisation de l'Enseignement primaire s'impose dans l'intérêt de la République, par devoir social et laïque, pour le recrutement et la dignité du corps enseignant,

Emet le vœu :

1° Que les locaux scolaires soient aménagés convenablement et entretenus soigneusement aux frais des communes;

2° Que des écoles maternelles, des cantines scolaires, soient organisées là où le besoin s'en fera sentir;

3° Que des Caisses des écoles soient fondées partout et largement subventionnées;

4° Que l'enseignement soit intégral, mixte, gratuit et mis à la portée de tous par l'entretien complet des enfants pauvres;

5° Que les programmes soient révisés de façon à ce que l'enseignement soit anti-dogmatique, exclusivement scientifique, pacifiste et socialiste;

6° Que l'école primaire laïque soit l'unique école pour tous et donne accès gratuitement aux plus hautes écoles par l'école primaire supérieure;

7° Que les œuvres post-scolaires soient subventionnées et les maîtres qui s'en occupent indemnisés;

8° Qu'un très petit nombre d'emplois civils ou militaires, salariés ou non, soient accordés — par mesure transitoire seulement — aux élèves des écoles libres ou congréganistes;

9° Que le personnel enseignant, rigoureusement laïque et républicain, soit nommé par ses chefs universitaires choisis avec soin et que, inspecteurs et instituteurs, soient indépendants des hommes politiques;

10° Que les instituteurs n'acceptent plus aucune fonction étrangère à l'enseignement, mais que leur traitement soit relevé et en rapport à leurs besoins et à leur mission;

11° Que les traitements des institutrices et des instituteurs soient égaux;

12° Q'un classement général soit opéré en tenant compte uniquement des années de service et que dorénavant l'avancement soit régulier et le même pour tous;

13° Que les promotions au choix et toutes les récompenses soient supprimées;

14° Que la retraite soit assurée et uniforme pour tous; et, en cas de décès prématuré, que la famille de l'instituteur ou de l'institutrice soit mise à l'abri de la misère par une pension légale;

15° Que l'Etat seul soit responsable pour les accidents qui peuvent arriver aux élèves et qu'il défende les maîtres contre la diffamation;

16° Que les Comités de défense des instituteurs soient légalement constitués.

Après cette lecture et avant de commencer la discussion des vœux formant la conclusion du rapport, le F∴ M∴, de la L∴ *Les Philanthropes Arvernes*, dépose le vœu suivant, qui est adopté à l'unanimité:

« Emet le vœu :

« 1° Que le nombre des représentants de l'enseignement primaire au Conseil supérieur de l'Instruction publique soit augmenté et que cette représentation soit numériquement égale à celle de chacun des deux autres ordres d'enseignement;

« 2° Que la Commission permanente soit supprimée, ou sinon qu'elle soit élue par le Conseil supérieur lui-même. »

Les paragraphes 1, 2, 3 et 4 des conclusions du rapport de la R∴ L∴ *les Enfants de Gergovie* sont adoptés sans modifications.

Le paragraphe 5 est adopté après suppression du mot « socialiste » et son remplacement par le mot « social » dont le sens est plus général.

Le F∴ M∴ des *Philanthropes Arvernes* croit que l'on perd dans les écoles primaires un temps précieux à l'étude de l'orthographe et de la grammaire; il se déclare partisan de leur simplification et demande d'intercaler entre les paragraphes 5 et 6 le vœu suivant qui est adopté sans discussion :

« Que le Ministre de l'Instruction publique persévère dans les voies des simplifications orthographiques et grammaticales afin que les enfants du peuple passent moins de temps à une étude qui n'a que peu de rapports avec le progrès social. »

Paragraphe 6. Le F∴ Dʳ S∴ de la L∴ *Raison et Solidarité*, or∴ d'Issoire, demande la suppression des mots : « par l'école primaire supérieure ». Adopté.

Paragraphe 7. Le F∴ M∴ des *Philanthropes Arvernes* estime que les œuvres post-scolaires doivent être complétées par l'organisation de cours spéciaux s'adaptant aux besoins du pays et propose d'ajouter au paragraphe 7 le vœu suivant :

« Que la création de cours professionnels agricoles, industriels ou commerciaux s'adaptant aux besoins locaux soit encouragée partout où il sera possible d'obtenir des résultats. » **Adopté.**

Le paragraphe 8 donne lieu à une assez vive discussion et est adopté après suppression des mots : « par mesure transitoire. »

Paragraphe 9. Le F∴ B∴ de la L∴ *Union et Solidarité*, or∴ de Montluçon, croit que dans bien des circonstances l'influence des hommes politiques républicains ne peut s'exercer auprès du Préfet qu'en faveur des instituteurs républicains ; en tous cas, cette influence s'exercerait aussi bien sur l'inspecteur d'académie et les inspecteurs primaires, qu'en conséquence les instituteurs ne gagneraient rien à ce changement et que le seul moyen de les soustraire à l'arbitraire est de soumettre tous les déplacements et changements à l'approbation des Conseils départementaux réorganisés. Il propose donc de remplacer le paragraphe 9 par le suivant :

« Que le personnel enseignant, rigoureusement laïque et républicain, ne puisse être déplacé par mesure disciplinaire sans l'avis conforme du Conseil départemental dont la composition sera modifiée et donnera aux instituteurs un nombre de représentants égal à celui des membres de droit ou désignés par l'administration. »

Le F∴ L∴ de la L∴ *Etienne Dolet*, or∴ d'Orléans, appuie très vivement cette proposition.

Le F∴ L∴ de la L∴ *Les Enfants de Gergovie* demande le maintien du statu quo et la suppression pure et simple du paragraphe 9. Cette proposition est repoussée.

Le F∴ M∴ des *Philanthropes Arvernes* constate que dans l'administration le véritable esprit républicain n'existe plus. Il croit, malgré tout, que la nomination par les chefs hiérarchiques présente plus de garanties pour les intéressés, surtout si les décisions sont soumises à l'approbation du Conseil départemental et il propose pour le paragraphe 9 la rédaction suivante qui est adoptée :

« Les membres du corps enseignant seront garantis par la loi contre tout arbitraire.

Toute mesure disciplinaire proposée contre eux, depuis le déplacement d'office jusqu'à la révocation ou l'interdiction, ne pourra être prise que sur l'avis conforme d'un conseil où leurs pairs élus se trouveront en nombre égal aux membres nommés par l'administration ou par des assemblées.

C'est devant un tel conseil qu'ils devront produire leurs revendications s'ils se croient victimes d'une injustice. »

Paragraphe 10. Le F∴ G∴ des *Philanthropes Arvernes* pense que l'interdiction faite aux instituteurs d'accepter le secrétariat des mairies peut créer de sérieux embarras dans les villages où seul l'instituteur a une instruction suffisante pour remplir cet emploi.

Le F∴ L∴ d'Orléans ne veut pas priver les instituteurs du modeste traitement attaché à cette fonction.

Le F∴ D∴ de la L∴ *Humanité*, or∴ de Nevers, signale le danger qu'il y aurait à réaliser cette interdiction à la veille de la séparation des Eglises et de l'Etat qui va rendre leur liberté à 50.000 prêtres tout disposés à accepter les secrétariats des mairies, non pas seulement pour le traitement qui les aidera à vivre, mais surtout pour l'influence que peut exercer sur toute une population et sur un maire, quelquefois presque illettré, peu intelligent, un secrétaire actif et remuant. Il demande le vote de cet alinéa par division.

La première partie : « Que les instituteurs n'acceptent plus aucune fonction étrangère à l'enseignement » est repoussée ; la deuxième partie : « Que leur traitement soit relevé et en rapport avec leurs besoins et leur mission » est adoptée à l'unanimité.

Paragraphe 11. Le F∴ L∴ d'Orléans combat le principe de l'égalité des traitements pour les deux sexes en se basant sur les besoins plus grands de l'homme.

Le F∴ Dr S∴ d'Issoire et plusieurs autres F∴ combattent cette thèse et estiment qu'à travail égal il doit y avoir salaire égal. Adopté.

Le paragraphe 12 est adopté.

Le paragraphe 13 est repoussé sur la proposition du F∴ L∴ d'Orléans qui pense que des récompenses doivent être accordées à ceux des instituteurs qui se sont spécialement signalés par des travaux ou des services extraordinaires.

Les paragraphes 14 et 15 sont adoptés sans discussion et à l'unanimité.

Le paragraphe 16 et dernier est supprimé comme faisant double emploi.

Le F∴ D∴ de la L∴ *Les Artistes Réunis*, or∴ de Limoges, dépose, au nom de son at∴, sur le bureau du Congrès, le rapport suivant sur la coéducation :

TT∴ CC∴ FF∴

« Dans la famille, dans la société, les deux sexes restent mêlés, confondus. Pourquoi les séparer dans l'école, prolongement de la famille et apprentissage de la vie sociale ?

« La raison de moralité invoquée *n'est pas la vraie,* et d'ailleurs elle se retourne contre elle-même : rien n'étant en effet plus propre à produire les dérèglements passionnels que la curiosité éveillée par la séparation scolaire, précisant le désir naissant, faussant le jugement et surchauffant l'imagination ; rien n'étant plus dangereux pour le bonheur de la future famille que l'ignorance prolongée pour chaque sexe du caractère propre de l'autre sexe.

« La vraie raison de la séparation des sexes à l'école est dans la conception sémitique de l'infériorité de la femme, cause du malheur de l'homme, condamnée à payer l'éternelle rançon de sa faute. D'où démarcation nette entre les deux sexes : l'impur et dominateur, l'autre esclave et impur.

« C'est bien la pensée biblique :

— « J'ai trouvé un homme entre mille, mais pas une femme entre toutes (Ecclésiaste).

— « De la femme procède le commencement du péché, et par elle nous mourrons. (Ecclésiaste xxv). »

— « Des vêtements vient la teigne, de la femme le vice. (Ecclésiaste xlii). »

« C'est bien la pensée du moyen-âge catholique :

— « La femme est un être accidentel et manqué. »

 « Elle n'entrait pas dans le plan de la création. (Saint Thomas). »

— « La puanteur et l'immondice l'accompagnent. (Innocent III). »

« Alors pourquoi l'instruire ? On demande aux esclaves travail et obéissance.

« L'exemple des pays protestants où depuis des siècles la femme a obtenu le droit à l'instruction, et en plusieurs pays le bénéfice de la coéducation n'infirme pas la raison que nous donnons, car le protestantisme, basé sur la libre interprétation des Livres Saints, exige au préalable la lecture personnelle des textes, d'où nécessité de principe de l'instruction pour les deux sexes.

« Les gouvernements libéraux qui depuis la Révolution ont mis de pair l'instruction des deux sexes, avec des programmes identiques, n'en ont pas établi la coéducation, soit qu'il fussent imbus de cet esprit sémitique, si hostile au développement intégral de la femme, soit qu'ils n'osassent entrer en lutte sur ce point avec un préjugé défendu par l'Eglise et soutenu d'ailleurs par un passé si reculé qu'on peut se demander si ce préjugé ne tient pas au génie particulier de la race.

« Mais notre République a rompu en visière avec l'Eglise, c'est-à-dire avec les forces d'inertie qui s'opposent au Progrès. Les Français paraissent vouloir donner au Monde l'exemple d'un peuple s'inspirant uniquement de la Raison.

« Dans ces conditions, la coéducation des sexes, déjà pratiquée dans les écoles primaires mixtes, sera une fois l'éternel ennemi vaincu. Certainement généralisée dans un délai qu'il est du devoir de la fr∴ maç∴ d'abréger le plus possible par une campagne vive et incessante dont le résultat ne saurait être douteux.

« Cependant il ne nous suffit pas de lutter pour la coéducation en nous cantonnant sur le terrain philosophique de l'égalité de droit des sexes. Notre désir est d'appeler l'attention de nos FF∴ sur le côté utilitaire de la coéducation, que peu ont envisagé jusqu'ici. Il n'y est question, bien entendu, que de l'instruction primaire.

« La République a proclamé en 1882 l'instruction obligatoire.

« Après 23 ans d'application, cette loi devrait porter ses premiers fruits. Or, de quel mal souffrons-nous assez généralement ? De la médiocratie, avouons-le. Dans un nombre considérable de communes rurales et même urbaines, il y a pénurie d'administrateurs capables. Pourquoi ?

« Parce que le parti républicain, de plus en plus décidé à se passer des services de la bourgeoisie réactionnaire et opportuniste, est obligé de chercher les élus dans ses rangs et ne les y trouve pas facilement et souvent pas du tout.

« S'il ne les y trouve pas, c'est parce que les conditions économiques désavantageuses au prolétariat, s'aggravant de jour en jour, les enfants sont retirés de l'école pour être versés dans l'industrie dès l'âge minimum établi par la loi, ou dans le commerce et l'agriculture dès que leurs forces le permettent.

« Ainsi la loi sur l'obligation est violée et par de trop nombreuses absences pendant la durée de la fréquentation et par le retrait des enfants avant l'âge règlementaire de 13 ans.

« Et cependant, dans un pays de suffrage universel, il faudrait bien que la démocratie forme ses cadres !

« Pour remédier à l'insuffisance de la fréquentation, il faudrait au moins que l'instruction gagnât en intensité ce qu'elle perd en durée ; et le principal obstacle à l'instruction intensive est, non pas le nombre des élèves d'une classe, mais dans la multiplicité des divisions. Etant donné qu'il ne se fait de travail utile que sous la direction réelle du maître, qu'il ne se fixe de connaissances que celles qu'il expose et démontre, à quelle impuissance est réduite une de ces nombreuses classes de campagne où le maître doit partager six heures entre 4 et 5 divisions !

« La République a fait d'immenses sacrifices pour l'instruction. Hélas ! beaucoup seront loin de produire les résultats qu'on en attend. On a voulu ménager le préjugé biblique, on a voulu élever une muraille de Chine entre les sexes, et en fait, on a juxtaposé des classes où à la même heure, le même travail se fait en double, s'éparpille dans chaque classe sur des divisions multiples qui languissent d'anémie ; on a voulu mettre l'école aussi près que possible des familles, afin d'ôter aux adversaires le droit de prétexter la longueur du chemin pour laisser leurs enfants dans l'ignorance, et on en est arrivé à multiplier ces impuissantes classes à un maître, dont les enfants sortent avec une instruction infime et de mauvais teint.

« Il est temps de réagir, il est temps de se mettre dans l'esprit ce principe, que la meilleure école est celle où l'enseignement se rapproche le plus de l'enseignement individuel, c'est-à-dire, celle où les élèves, de force sensiblement égale, ne forment qu'une seule division dont le maître s'occupe continuellement.

« Il faut donc, dans la pratique, se rapprocher autant que possible de cette école idéale. Le premier pas à faire est de généraliser par une loi la coéducation des sexes, mesure qui diminuera d'un seul coup la moitié du nombre des divisions de chaque classe.

« Il importe enfin de renoncer aux créations d'écoles de hameau non indispensables et de supprimer toutes celles qui peuvent être supprimées sans graves inconvénients ; d'en porter le personnel dans les écoles principales qui deviendraient, tant par la coéducation que par l'incorporation de ces maîtres, des écoles à 4, 5, 6 classes et plus, se rapprochant sensiblement de l'école idéale dont nous avons parlé.

« Il serait bon qu'il y eût de ces écoles dans chaque commune importante, et qu'elles fussent distantes les unes des autres de 10 à 12 km. au maximum.

« Le personnel actuel est à peu près suffisant pour assurer, sans augmentation de dépense, cette réforme dont les avantages considérables paraissent si évidents qu'il semble inutile d'en reprendre ici le développement.

En résumé, TT∴ CC∴ FF∴, nous vous demandons d'adhérer énergiquement à la proposition de la Loge *Les Artistes Réunis* sur la coéducation des sexes et d'y faire cette adjonction :

« Que le développement des divisions dans les classes primaires, qui doit résulter de la généralisation de la coéducation, soit accentué et complété dans les écoles des principales communes par la suppression des écoles de hameau non indispensables et le transfert des maîtres ainsi rendus disponibles dans les écoles principales, de manière qu'à la distance d'une douzaine de kilomètres dans tous les sens, en moyenne, se trouve une école à 4, 5 ou 6 classes au plus. »

Ce vœu n'est pas discuté et la parole est immédiatement donnée au F∴ Courbier pour développer la proposition suivante, dont il est l'auteur, au nom de la Loge *Travail et Fraternité*, or∴ de Bourges.

Suppression des Surnumérariats non rétribués

« Un employé surnuméraire est celui qui, au-dessus du nombre déterminé, travaille sans appointements jusqu'à ce qu'on l'admette au nombre des commis en titre; le nombre des surnuméraires devrait être très restreint et la période du surnumérariat, sous peine de constituer un abus, doit être de courte durée.

« A l'heure actuelle les surnuméraires sont nombreux et la durée du surnumérariat gratuit varie dans chaque administration, elle est de deux ans au moins dans les finances et illimitée dans d'autres administrations.

« On peut dire aujourd'hui, sans risquer de démentis, que les surnuméraires sont des employés travaillant sans appointements afin de laisser aux titulaires un temps nécessaire à la lecture de la *Libre Parole*, de *La Croix* et autres journaux bien pensants. Le surnumérariat est la digue barrant aux enfants du peuple le chemin des emplois dans les administrations de l'Etat.

« La conséquence de cet état de choses est que le personnel d'une administration de l'Etat est d'autant plus gangrené par le nationalisme ou la réaction que la durée du surnumérariat est plus longue et le nombre des surnuméraires plus nombreux.

« Puisque l'on parle à chaque instant de républicaniser les fonctionnaires, il semble rationnel de le faire, non en essayant de ramener à une conception politique républicaine la majorité des employés titulaires. Cette tentative serait vaine, réactionnaires ils sont, réactionnaires ils resteront; il faut modifier le mode de recrutement.

« Il faut supprimer le surnumérariat gratuit qui favorise l'accès des administrations de l'Etat aux enfants des riches et qui en exclut des intelligences d'élite parce qu'elles restent dans le cerveau des fils d'ouvriers et parce que ces fils d'artisans ne peuvent attendre 4 ans et même davantage une rémunération de leur travail.

« Il me serait facile de vous exposer les abus qui se produisent dans les différentes administrations par suite du surnumérariat gratuit; d'une façon générale au haut de l'échelle se trouvent des fonctionnaires rétribués d'une façon scandaleuse, au bas des jeunes gens de 18 à 25 ans restant de 2 à 5 années en expectative d'appointements.

« Ne voulant pas abuser des instants du Congrès, je citerai à l'appui de la proposition de la L∴. *Travail et Fraternité* seulement deux administrations financières : l'une vrai repaire de cléricaux, l'autre asile fortifié des protégés de la haute aristocratie républicaine ou des préfets roublards et prudents; les uns et les autres viennent y passer des jours heureux, y terminer une carrière tourmentée.

« Dans la première, je veux parler de l'administration de l'Enregistrement. Après avoir exigé de jeunes gens d'au moins 18, souvent 21 ans, le passage par la voie démocratique du concours, on leur impose un surnumérariat gratuit de 4 ans et demi.

« Certes, grandes sont les connaissances à acquérir pour percevoir les multiples impôts qui frappent la richesse acquise dans toutes ses manifestations, mais après un concours difficile, un surnumérariat gratuit de 4 ans et demi n'est-il pas exagéré ?...

« Ne peut-on supposer que l'on a voulu élever une barrière infranchissable pour les enfants du peuple, lorsqu'on sait que de 1875 à 1882 ce temps, d'apprentissage en quelque sorte, est descendu à 2 années y compris le volontariat ?...

« Ne peut-on supposer, et qui paraît être l'évidence, qu'ayant mis l'instruction à la portée de tous les enfants, l'administration anti-démocratique de l'Enregistrement a voulu éliminer certaine catégorie de postulants et pour cela augmenter la période de jeûne complet précédant celle d'abstinence résultant d'un traitement brut, sans accessoires possibles, de 2000 fr. par an, éloigner en un mot les enfants des travailleurs ?

« Ne vaudrait-il pas mieux élever le niveau du concours, ce qui permettrait d'obtenir dans l'avenir des fonctionnaires d'intelligence et de savoir plus étendus, de ramener le nombre des surnuméraires de 850 a 150, ce qui représenterait environ de 12 à 15 mois de surnumérariat ? Ne serait-il pas juste de donner à ces surnuméraires, qui ont préparé et déjà subi un concours difficile, un traitement leur permettant de vivre modestement et convenablement ? 16 ou 1800 fr. par exemple. Vous me demandez où l'on prendra les fonds pour faire face à cette dépense nouvelle ?...

« Si le chiffre de 1600 fr. était admis et le nombre des surnuméraires d'Enregistrement fixé à 150, il faudrait 240.000 fr. chaque année. Le Ministre demande et obtient un crédit de 60.000 fr. destiné à donner 50 fr. par mois aux 100 plus anciens surnuméraires; reste donc à trouver 190.000 fr. Je n'éprouve aucun scrupule en conseillant d'opérer à cet effet un prélèvement sur les traitements anti-démocratiques des conservateurs des Hypothèques de Paris ; il existe en effet 10 fonctionnaires portant ce titre et recevant des traitements bruts variant de 40.000 à 84.000 fr., soit déduction faite des frais de 30.000 à 63.000 fr. nets **au moins**.

« Ce que je viens de dire pour l'administration de l'Enregistrement s'applique à l'administration des Finances proprement dite, mais il faut reconnaître qu'une réglementation existe et que le nombre des surnuméraires je crois est fixé à 150, mais « les candidats exceptionnels » sont si nombreux que les malheureux surnuméraires dépassent de beaucoup le minimum de stage prévu; si les candidats exceptionnels, favorisés pour services politiques, sont rapidement pourvus d'un poste rémunérateur, les surnuméraires employés de trésorerie ou de recettes des finances attendent longtemps .. c'est pourquoi nous demandons que le surnumérariat soit rétribué.

« Vous me posez la même question qu'il y a un instant : comment rétribuer les surnuméraires percepteurs ?...

« Vous ne pouvez ignorer, mes FF.˙., qu'il existe des trésoriers payeurs généraux recevant 100, 130, 140.000 francs de traitement annuel et même davantage...

· « Des traitements aussi élevés que ceux des conservateurs des hypothèques ou des trésoriers généraux ne représentent pas la rémunération d'un travail personnel mais sont le prix de l'intrigue, de la faveur.

« Ils ne sauraient être tolérés plus longtemps, surtout lorsque les débutants ne sont pas rétribués pendant de longues années, et lorsque les républicains cherchent des ressources pour organiser les retraites ouvrières.

« Je pourrais multiplier les exemples et passer en revue d'autres administrations, vous parler notamment de la suppléance gratuite des magistrats, qui est une forme de surnumérariat, mais les exemples que je viens de vous citer suffisent. Je conclus :

« Le surnumérariat gratuit, sous toutes ses formes, empoisonne les administrations en y faisant pénétrer les seuls enfants des riches et en excluant les fils des ouvriers et des artisans. Il faut le suppprimer et le remplacer par le surnumérariat rétribué, mais organisé de façon qu'il ne se forme un corps de surnuméraires perpétuels.

« Le traitement des surnuméraires ne doit point constituer des charges nouvelles, mais être fourni au moyen de réduction des gros traitements dont sont gavés ceux qui se trouvent à la tête des services comprenant des surnuméraires.

« Je vous demande donc d'adopter le vœu suivant qui sera soumis au Convent prochain grâce à l'appui que les délégués des LL.˙. du Centre lui prêteront :

« **Considérant que le surnumérariat long et gratuit consacre en fait un privilège illégal au profit de la bourgeoisie.**

« Considérant que l'Etat doit être le modèle des employeurs et doit rétribuer suffisamment ceux qu'il emploie.

« Le Congrès des LL∴ du Centre adopte la proposition de la L∴ *Travail et Fraternité*, or∴ de Bourges, en conséquence :

« Emet le vœu que les surnumérariats gratuits seront supprimés;

« Que les surnuméraires nécessaires au recrutement des fonctionnaires de certaines catégories seront rétribués au moyen de la réduction des traitements scandaleux de fonctionnaires privilégiés et aussi inutiles que grassement émolumentés. »

Après une observation du F∴ D∴ de l'or∴ de Nevers, la proposition est adoptée à l'unanimité.

Réorganisation du Secrétariat général du Grand Orient de France

Au nom de la Commission dont il est le rapporteur, le F∴ L∴ de l'or∴ d'Orléans, après avoir rappelé l'incident des fiches, est d'avis qu'il y a lieu de réorganiser le secrétariat général du Gr∴ Or∴ de France. Il pense que la question principale est celle de l'augmentation des traitements de tous les employés et la suppression de la paperasserie.

Le F∴ Bouley donne quelques explications sur le fonctionnement du secrétariat général. Il ne pense pas qu'il soit possible de réduire le personnel, il faudrait au contraire l'augmenter tout en augmentant les traitements. Malgré les traitements actuels, on a vu dernièrement se présenter 59 candidats pour deux places vacantes. Le F∴ Bouley expose que le Secrétaire général actuel qui, malgré l'incident des fiches, possède toute la confiance du Conseil de l'Ordre, notre F∴ Vadecard n'est pour rien dans le vol qui a été commis au Gr∴ Or∴ pendant son absence. Ce F∴ qui travaille douze et quatorze heures par jour prend chaque année un mois de vacances et c'est pendant ce congé que Bidegain, qui possédait toutes les clefs des coffres contenant les fiches, a soustrait les documents qui ont été publiés. Le Grand Orient et le Secrétaire général ne peuvent être mis en cause dans cette affaire, car il n'y a pas eu d'effraction pour soustraire les documents. Bidegain était un vieux maçon depuis plus de dix ans employé au Gr∴ Or∴ où il remplissait les fonctions de secrétaire-adjoint, et personne ne pouvait supposer qu'à un moment donné ce F∴ se serait, pour quelques deniers, rendu le complice de nos ennemis. Le F∴ Bouley rend hommage, une fois encore, au F∴ Vadecard qui est d'un dévouement à toute épreuve.

Le F∴ D∴ de l'or∴ de Nevers fait remarquer qu'il est étonnant que le F∴ Vadecard travaille autant que vient de nous le dire le F∴ Bouley, car chaque fois qu'un F∴ se présente au Gr∴ Or∴ et demande à parler au Secrétaire général on lui répond invariablement qu'il n'est pas là.

Le F∴ Bouley lui réplique et, en ce qui concerne la suppression de la paperasserie, il dit que tous les documents produits sont nécessaires. Un F∴ fait remarquer que l'obligation bleue, par exemple, pourrait bien être supprimée. Le F∴ Bouley lui répond qu'elle est utile et qu'elle a été instituée pour permettre de mettre sous les yeux d'un F∴ sa signature s'il venait à renier la maçonnerie à un moment donné.

Quand au service des renseignements qui avait été organisé au Gr∴ Or∴ il était d'une grande utilité, mais il est bien certain que si on avait à organiser un service analogue, instruits par l'expérience, on prendrait d'autres précautions.

En ce qui concerne la publication des fiches, le F∴ BOULEY est convaincu qu'elle ne sera pas reprise, même au moment des élections. Dans tous les cas, si cette éventualité venait à se produire, le Conseil de l'Ordre est décidé à en faire lui-même la publication en bloc. Ce sera là la meilleure réponse à faire à nos adversaires.

Le F∴ C∴ de Bourges dit que le F∴ Vadecard a toutes ses sympathies et que nous ne devons nullement l'incriminer dans cette malheureuse affaire, mais il ne croit pas que le Gr∴ Or∴ ait fait tout son devoir. On a laissé les F∴ attaqués se débattre à leurs risques et périls. On ne les a pas assez soutenus.

Le F∴ BOULEY lui répond que toutes les fois qu'un F∴ a demandé l'appui du Gr∴ Or∴ ce dernier a toujours envoyé un avocat et à ses frais.

Le F∴ L∴ de l'or∴ d'Orléans, au nom de la Commission dont il est le rapporteur, donne lecture des conclusions suivantes :

« Le Congrès des Loges du Centre,

« Considérant que le traitement des employés du Grand Orient est notoirement insuffisant et ne répond plus aux besoins de la vie à Paris,

« Émet le vœu :

« 1º Que la gratification d'un mois de traitement que le Convent a, depr... quelques années, l'habitude de leur voter, fasse désormais partie it... te de leur traitement;

« 2º Que le nombre des employés soit réduit et que, dans ce but, la paperasserie administrative soit simplifiée autant que possible ;

« 3º Que le traitement des employés supprimés soit partagé entre les autres.

« Considérant d'autre part qu'il y a imprudence à confier à de tous jeunes gens les emplois du Grand Orient,

« Émet le vœu que ces fonctions soient données de préférence à de vieux maçons ayant quinze années de maçonnerie. »

Ce vœu mis aux voix est adopté.

Organisation au Grand Orient d'une Commission de Contentieux

Le F∴ COURBIER, au nom de la L∴ *Travail et Fraternité*, donne lecture du projet suivant :

« I. Il sera institué au Gr∴ Or∴ de France une Commission de contentieux maç∴ et prof∴ composé de 12 maç∴ ayant le grade de M∴ et exerçant ou ayant exercé la profession d'avocat, avoué ou notaire pendant au moins 10 ans.

« Les membres en seront nommés 1/3 par le Conseil de l'Ordre, 1/3 par la Chambre de Cassation, 1/3 par le Grand Collège des Rites. Ils seront renouvelables par tiers chaque année et seront rééligibles.

« Lors de la création de ce service, les membres seront nommés pour
1, 2 et trois ans afin d'établir un roulement régulier.

« II. La Commission devra réunir la jurisprudence et les documents
de contentieux intéressant directement ou indirectement la Maç∴

« Elle étudiera les dossiers qui lui seront soumis et concernant
les maç∴ pris à partie à raison de leur qualité maç∴

« Elle s'assurera le concours d'avocats pouvant défendre sans hono-
raires exagérés les maç∴ victimes de leurs convictions républicaines ou
de l'accomplissement de leurs devoirs de maç∴

« III. La commission de contentieux se réunira ordinairement et
d'obligation une fois par trimestre et, lorsqu'il en sera besoin, extraor-
dinairement.

« La date des réunions ordinaires sera fixée d'accord par la Commission régulièrement nommée et le Conseil de l'Ordre. Les réunions
extraordinaires devront être autorisées par le Président du Conseil de
l'Ordre.

« Les fonctions de Membres de la Commission sont gratuites. Les
frais de voyages et autres seront couverts comme ceux de la Chambre
de Cassation et du Conseil de l'Ordre.

« La Commission nommera son Président, son Secrétaire.

« Un employé du G∴ Or∴ devra être mis à sa disposition pendant
ses réunions et sera spécialement chargé, sous la responsabilité du
Secrétaire général ou du Conseil de l'Ordre de la conservation des archives
judiciaires.

« Il sera rendu compte au Conseil de l'Ordre des travaux de la Commission dont le Président aura le droit d'assister au Convent et devra
répondre aux questions qui pourraient lui être posées par les délégués
des L∴ »

Le F∴ COURBIER déclare qu'il ne s'attache pas à la forme
du projet adopté par son at∴, ce qu'il demande, ce que de
nombreux maç∴ désirent, c'est qu'un service de contentieux
soit créé et fonctionne afin qu'un maçon attaqué, parce que
maçon, puisse trouver au Gr∴ Or∴ des conseils utiles, des
défenseurs de talent et des documents qu'il est nécessaire de
produire...

Il expose que si les groupements ouvriers, les syndicats,
les bourses de travail ont une pléiade d'avocats jeunes, talen-
tueux, dévoués et... désintéressés, les maç∴ trouvent diffici-
lement dans leur milieu instruit, qualifié de bourgeois, des
dévouements qui cependant eussent été nécessaires depuis
plusieurs mois et qui avaient de belles occasions de se
manifester.

Le F∴ COURBIER ajoute que sa proposition ne constitue
en rien un blâme au Conseil de l'Ordre. Il rend hommage au
F∴ Félicien Paris dont il proclame le dévouement, mais la
commission des affaires judiciaires, telle qu'elle est actuellement composée, est une commission fantôme qui a dû
peut-être se réunir pour nommer son Président... mais ne
rend et ne peut rendre aucun service, les événements du
reste l'ont démontré.

Le F∴ BOULEY dit que le Conseil de l'Ordre a toujours
donné des conseils quand on lui en a demandé et chaque
fois qu'on en a manifesté le désir il a envoyé un avocat à ses
frais. La commission des affaires judiciaires qui existe fonctionne réellement. Dans tous les cas il demande au F∴

Courbier, dans le cas où il maintiendrait son vœu, de vouloir bien ne pas en faire une mesure législative et de l'adresser au Conseil de l'Ordre qui est compétent pour trancher la question.

Le F∴ COURBIER dit qu'on n'a pas toujours envoyé d'avocat et persiste dans sa demande.

Le F∴ L∴ dit que, comme rapporteur de la commission, il n'a pas pu étudier la question, ne la connaissant pas. Il demande donc, au nom de la commission, d'émettre simplement le vœu suivant :

« Il sera organisé au Gr∴ Orient une Commission de Contentieux. »

Le Congrès décide de renvoyer la question au Conseil de l'Ordre pour modification de la commission qui existe actuellement.

Suppression des cordons distinctifs
Modification du langage rituélique

Le délégué de la L∴ *La Gauloise*, or∴ de Châteauroux, donne lecture du rapport suivant :

« On prétend nous imposer le maintien de pratiques surannées en nous disant qu'elles sont le lien qui nous rattache à la franc-maçonnerie ancienne. Nous sommes une association essentiellement perfectible ; nous ne devons garder du passé que ce qui est bon et utile ; il faut rejeter les coutumes ridicules. N'est-il pas suffisant pour nous attacher au passé de conserver l'ardeur qu'avaient nos devanciers à travailler pour la liberté et pour le progrès ?

« Notre devise est Liberté, Egalité, Fraternité. Nous aimons à répéter que nous sommes tous égaux dans nos temples. Les rubans couverts de dorures dont se parent les plus hauts gradés ne sont-ils pas contraires à l'égalité puisqu'ils marquent une différence entre les maçons ?

« Et puis, que de temps perdu à réciter ou à lire des sortes de prières ou de phrases à sens obscur qui frapperaient sans doute de respect et de crainte des hommes ignorants, mais qui remplissent de chagrin des esprits sérieux et avides de vérité.

« Au lieu d'être des rétrogrades ou simplement des conservateurs, soyons des précurseurs, des novateurs. Nous nous traitons de frères, ce qui est bien ; mais nous n'employons pas entre nous le tutoiement qui est vraiment fraternel et démocratique.

« Les profanes qui savent que nous fermons nos volets et que nous allumons des bougies en plein jour disent que nous avons peur de la lumière du soleil.

« Et ce qui est plus grave pour nous, nous nous asphyxions dans nos tenues, car nos temples fermés sont comme des tombes où l'air, loin de se renouveler, est vicié par les becs de gaz ou par les bougies.

« C'est pourquoi nous proposons au Congrès d'approuver le vœu suivant :

« *1º La suppression des cordons distinctifs et des accessoires inutiles.*

« *2º L'obligation du tutoiement comme cela est en usage parmi les membres du Collège des Rites et des 33ᵉ*

« *3º L'établissement des temples au 1ᵉʳ étage afin de supprimer l'allumage des bougies et becs de gaz.*

« 4° *Une modification du langage rituélique, tout en conservant ce qui est strictement nécessaire pour assurer le respect du temple, le secret des délibérations et l'ordre des travaux.* »

Le F∴ L∴ de la L∴ *Etienne Dolet* demande, au nom de la commission dont il est rapporteur, de voter l'unification des cordons, c'est-à-dire que le cordon soit le même pour tous les grades, ou la suppression pure et simple, et la simplification des rituels actuels.

Le F∴ Bouley explique que le Grand Collège des Rites a seul qualité pour étudier ces questions de modifications, soit au langage rituélique, soit aux cordons distinctifs, et il propose au Congrès de prendre tout simplement acte de la proposition de la Loge *La Gauloise* afin d'éviter une perte de temps à discuter des questions qui ne nous concernent pas.

Le F∴ Cl∴ de la L∴ *Les Enfants de Gergovie*, or∴ de Clermont, demande au contraire que le Congrès veuille bien prendre une décision sur cette question et il demande la suppression radicale de toutes ses formes qui, à son avis, ne font que fausser les consciences, formes qui sont du reste surannées aujourd'hui. Nous voulons, dit-il, réformer les autres mais nous ne voulons apporter aucune modification chez nous.

Le F∴ Bouley lui répond un peu vivement et dit que les F∴ qui ne veulent pas admettre nos principes et nos rites n'ont qu'à quitter la maçonnerie.

Le F∴ Cl∴ de l'or∴ de Vichy dit que d'excellents F∴ partagent complètement les vues de notre F∴ Cl∴ de Clermont et ne veulent pas pour cela quitter la maçonnerie.

Le F∴ L∴ de l'or∴ d'Orléans demande la clôture de la discussion ou la prolongation du Congrès et dit que la commission dont il est le rapporteur approuve entièrement les paroles du délégué du Conseil de l'Ordre et il propose de voter de suite par oui et par non ou de renvoyer à ce soir cette question en prolongeant le Congrès.

Le F∴ D∴ de l'or∴ de Nevers dit que la question a sensiblement dévié dans la chaleur de la discussion et il désire que cette question se discute jusqu'au bout afin de ne pas rester sur une idée fausse.

La clôture de la discussion est prononcée à une grosse majorité.

Le F∴ Bouley dit que la commission est d'avis de repousser le vœu qui nous est soumis.

Les F∴ M∴ des *Philanthropes Arvernes* et L∴ d'*Etienne Dolet* protestent vivement. Le F∴ L∴ expose à nouveau les conclusions de la Commission : *Unification ou suppression des insignes. Simplification des rituels.*

Le F∴ M∴ demande le maintien des formes rituéliques.

Le F∴ Courbier dit que les membres de la commission n'étant pas d'accord, il propose le renvoi de cette question au prochain Congrès.

Le F∴ L∴ des *Enfants de Gergovie* se rallie à la proposition du F∴ Courbier.

Le F∴ M∴ fait remarquer que la commission est à peu

prés d'accord. Il propose de statuer d'abord sur *l'unification ou la suppression des cordons.*

Le F∴ COURBIER insiste pour le renvoi au prochain Congrès, qui est prononcé à une forte majorité.

Election des membres du Conseil de l'Ordre par des Fédérations régionales

Le F∴ L∴ de la L∴ *Etienne Dolet,* au nom de la commission, expose que les Loges *Les Enfants de Gergovie* et *Les Préjugés Vaincus* demandent que le Conseil de l'Ordre soit à l'avenir composé de membres élus par les fédérations régionales des Loges à raison d'un nombre proportionnel à celui des maçons faisant partie de la fédération. Ces Loges proposent en outre que les membres du Conseil de l'Ordre soient rétribués et qu'ils se tiennent en permanence à la disposition de leur fédération.

Le F∴ L∴ dit que ce vœu est le même que celui venu en discussion au Congrès précédent qui l'a repoussé presque à l'unanimité.

Au nom de la commission le F∴ L∴ repousse à nouveau le vœu et dit que tout ce que nous puissions faire pour le moment c'est de **demander la reconnaissance officielle par le Conseil de l'ordre des Fédérations régionales et des Congrès régionaux.**

La proposition de la Commission **est adoptée** à l'unanimité telle qu'elle a été présentée par son rapporteur.

Accessibilité des Convents maçonniques

Le F∴ D∴ de la L∴ *Les Préjugés Vaincus,* or∴ de Guéret, propose au Congrès d'adopter le vœu suivant :

« Les Convents maçonniques ne seront accessibles qu'aux seuls délégués réguliers des Loges maçonniques dépendant du Grand Orient de France.

« Il est expressément interdit aux F∴ délégués de faire à la presse aucune communication de quelque nature qu'elle soit, ayant trait aux travaux du Convent.

« A l'avenir le compte-rendu du Convent ne sera plus imprimé. »

Au nom de la Commission dont il est rapporteur le F∴ L∴ de la Loge *Etienne Dolet* propose l'adoption de ce vœu.

Le Congrès à l'unanimité adopte le vœu de la Loge *Les Préjugés Vaincus.*

———

L'ordre du jour étant épuisé le F∴ B∴ de la Loge *Union et Solidarité,* or∴ de Montluçon, après avoir obtenu la parole, expose que nous avons un ordre du jour trop chargé, trop touffu en raison surtout du temps restreint qui nous est assigné. Il est impossible d'étudier très sérieusement toutes les questions qui nous sont soumises. Il serait désirable, dit-il, que pour les prochains Congrès toutes les Loges envoient plusieurs mois à l'avance deux ou trois questions à étudier ; la Loge chargée d'organiser le Congrès en retiendrait quatre par exemple choisies parmi les plus intéressantes et les plus urgentes. Toutes les Loges adhérentes seraient informées assez tôt et la discussion du Congrès porterait essentiellement sur ces seules questions.

Le F∴ Bouley, comme président du Congrès, remercie tous les délégués des différentes Loges de la Fédération du Centre de la discipline apportée dans les discussions et de l'esprit de fraternité qui n'a cessé d'y régner.

La séance est levée à midi, aux cris répétés de **Vive la République.**

Le Président du Congrès,

BOULEY

Secrétaire du Conseil de l'Ordre du Grand Orient de France

Les Vice-Présidents,

LÉON RECHAT

Docteur en Médecine
Vén∴ de la Loge " Les Philanthropes Arvernes "

BAPTISTE MARROU

Négociant en Vins
Vén∴ de la Loge " Les Enfants de Gergovie "

Par décision de la Fédération des Loges du Centre, le Congrès de 1906 aura lieu à Orléans et sera organisé par la Loge *Etienne Dolet.*

La Loge *Union et Solidarité*, or∴ de Montluçon, est désignée à titre de Loge suppléante.

Imp. G. Mont-Louis, Clermont.